III

Au jardin anodin

Véra Herthé

III. Au jardin anodin

Quatre saisons en Ardèche

Édition : BoD – Books on Demand, info@bod.fr
Impression : BoD – Books on Demand, In de
Tarpen 42, Norderstedt (Allemagne)
Impression à la demande
ISBN : 978-2-3224-4256-0

Dépôt légal : Juillet 2022

Véra Herthé est un nom d'emprunt. Travaillant dans le médical, elle vit dans le Sud de la France avec son mari et ses trois filles. Ce roman est le troisième d'une série de quatre histoires (*I. Une semaine ordinaire, II. La femme banale, III. Au jardin anodin, IV. Dans les bois communs*), toutes situées dans le joli village de Joyeuse, en Ardèche, région chère à son cœur.

Cette histoire est une pure fiction, une totale création.
Certains lieux existent, mais sont systématiquement transformés selon sa fantaisie. Les histoires qu'elle relate, et les personnages qu'elle dépeint, sont uniquement issus de son imagination, et même les références à certains faits historiques ou ayant existé, sont transformées selon son bon vouloir. Toute ressemblance possible avec la réalité serait le fruit du plus pur hasard. Et en aucun cas, l'auteur ne voudrait blesser quiconque croirait se reconnaître en ces lignes.

« L'absence ni le temps ne sont rien quand on aime »

Alfred de Musset

1-Le journal de Théa -1962

Je suis une vilaine fille. C'est ce que dit ma sœur.

« Méchante Babel ! »

Elle dit bien d'autres choses encore, trop souvent des horreurs.

Mais je n'écoute rien de ce que dit Babel.

Parfois, je ne m'en souviens pas bien non plus. Pourquoi s'énerve-t-elle contre moi aujourd'hui ?

Les voix m'embrouillent les idées ; elles répètent en boucle : « méchante Babel !»

La voilà qui me fixe de son regard noir, avec ses petits yeux porcins sous ses sourcils broussailleux. Ses prunelles sombres me lancent des éclairs menaçants tandis que sa bouche me crache du venin. Moi je reste muette, hypnotisée par son visage si laid de cochon.

« Oh ! Babel, tu ressembles à un cochon ! Mais ton venin est celui du serpent » susurrent les voix.

Babel bougonne sans cesse que je suis folle.

Mais je te connais ma sœur, tu ne vaux pas mieux que moi.

Avant, il y a longtemps, elle pouvait sourire. Même si déjà, les regards se détournaient de son visage disgracieux. Dorénavant, elle ne sourit jamais.

Nous sommes si différentes : je suis la belle, elle est la laide, je chante, elle ne sait pas même siffler, je peins quand elle n'a aucune notion artistique, je babille tandis qu'elle aboie, je charme alors qu'elle rebute.

Ce n'est qu'une grosse femme toujours penchée sur sa terre ou ses plantes sèches.

« Elle ne sait même pas se faire des amis ! » ricanent les voix.

Babel ne sait que biner, creuser, piocher et bêcher. Ses ongles sont noirs d'humus et de saletés. Je ne supporte pas qu'elle me touche. Mais la voilà qui s'approche avec ma piqûre, je dois me calmer.

Pauvre Babel si terrestre, si banale, si terne d'esprit. Quelle morne vie tu as, ma sœur.

Que deviendrais-je sans Babel ? Elle nous a sauvées du dragon, nous a trouvé un toit et une nouvelle vie. Elle me laisse à mes pinceaux et mes amis, me nourrit et me veille. Elle seule sait comment faire taire les voix. Une vie de riens pour elle, de plaisirs pour moi. Sans ma sœur, je n'aurais jamais pu survivre, je serais déjà au ciel. C'est Babel qui me sauve, Babel qui veille sur moi, Babel qui sait. Elle me connaît et moi, je la reconnais. Nous sommes inséparables, chacune à nos secrets.

Même les voix ne sont pas toujours mes amies.

Alors que deviendrais-je sans elle ? Probablement rien de bon.

Mais ce soir, je la déteste.

« Méchante Babel ! »

I

Un lundi matin de février 2015.

Claudie s'éveille doucement, recroquevillée sous sa couette épaisse. Dans le rayon de soleil blafard qui se faufile à la jointure des vieux volets en bois, elle observe, immobile, les poussières virevolter. Elle voudrait que ce moment dure à l'infini, elle, immobile, au chaud dans son cocon, et les minuscules particules en mouvement devant ses yeux. Elle voudrait pouvoir traîner au lit comme bon lui semble. Mais dans sa famille, on ne le faisait pas. Se sentant coupable, comme toujours, elle balance ses jambes hors la couette avec une belle énergie, et grimace brusquement tandis que tous ses muscles endoloris se rappellent à son bon souvenir : voilà quatre jours qu'elle taille les mûriers de son terrain, avec John. Orpheline depuis longtemps, elle a l'habitude de gérer seule les impondérables. Mais tailler chaque année les nombreux mûriers de son terrain est une première pour elle, le fermier, qui s'en occupait jusqu'à présent, ayant pris sa retraite à l'été. John s'est spontanément proposé et elle a accepté sans hésiter. Une coopération qu'elle n'aurait pas envisagée une seconde, quelques mois plus tôt.

Claudie secoue la tête tout en enfilant une robe de chambre épaisse. Il faut dire que John est un type singulier. Ils se sont croisés, pour la première fois, au cours de l'été 2014 et revus de temps en temps, pendant l'automne, dans le village. C'est un garçon au visage doux, avec des grands yeux bleus et des cheveux blonds mi-longs. Un corps nerveux et sec que l'on sent prompt à en découdre cache une personnalité secrète, difficile à déchiffrer, car l'homme n'est pas un bavard.

Débarqué un beau matin de son Angleterre natale, et sans domicile fixe, longtemps, il a erré alentour en squattant à droite et à gauche, en fuyant les gens et les embrouilles. Les rares amis de Claudie, Justin et David, l'ont tout de suite adopté dans leur groupe, remuant ciel et terre pour le loger aux premiers frimas ; la colocation avec Claudie a même été envisagée un temps, puisque la maison est vaste et qu'elle y vit seule, mais la jeune femme ne s'est pas engagée, méfiante et farouchement indépendante. En même temps, John semblait se ficher du froid à venir, il ne demandait rien. Et le hasard fait parfois bien les choses puisqu'une bonne âme lui a proposé un toit, en échange de quelques travaux sur place. John n'est pas bavard mais il est manuel ; il sait tout faire depuis qu'il traîne sur les routes. Maintenant, il vit et s'active sur son chantier, à quelques centaines de mètres de chez Claudie.

Mais depuis quatre jours, il a rejoint la jeune femme et, de bon cœur, s'est attaqué aux dix-neuf mûriers parsemés sur le terrain de Claudie, et cela sans rétribution. Elle se demande brusquement comment il faudra le remercier. Elle sait pertinemment qu'aucun objet ne lui sera utile, détaché qu'il est, des choses matérielles. Peut-être nécessite-t-il juste son amitié ?

Elle hausse les épaules et fonce sous la douche brûlante. Elle se sèche devant le grand miroir de sa chambre et observe ses cheveux bruns coupés courts, encadrant un visage qu'elle décrit comme banal et sans attrait, un visage rond, presque poupin avec ses yeux couleur noisette, un nez droit et une bouche mince. Puis, elle s'habille chaudement et se précipite jusqu'à la cuisine où elle lance sa bouilloire. Sa maison n'est pas très pratique, il y a de petits escaliers partout, les pièces se succèdent en enfilade, encombrées de vieux meubles et de bibelots, et les volets de bois sont lourds à manier matin et soir. Mais elle s'en fiche, elle s'y sent bien, c'est chez elle, depuis peu. Une grande maison de pierres noires, à Joyeuse, en Ardèche, située en face du cimetière, certainement trop grande pour elle, vieillotte et mal isolée mais si belle… Une maison héritée en 2010 d'une grand-tante originale. Un lieu devenu au fil du temps son refuge, comme une évidence.

Tandis que l'eau bout, la jeune femme relance le feu dans sa cheminée, tout en frissonnant, les cheveux encore humides. Elle souffle sur les braises de la veille et ajoute de petites bûches. Bientôt les flammes surgissent et, ravie de la chaleur bienvenue, elle jette dans l'âtre deux gros morceaux de chêne bien sec.

Au village le clocher sonne les neuf heures et la jeune femme rêvasse avec son thé devant ses fenêtres. D'ordinaire, la rue est vide mais pas ce matin : elle aperçoit trois employés municipaux munis de grandes pelles qui fument leurs clopes en soufflant dans leurs mains. Les portes du cimetière sont ouvertes : pas de doute, un enterrement s'annonce. Quelques voitures se garent avec difficulté près de la sienne sous les cyprès, et la jeune femme scrute les courageux, engoncés dans leurs manteaux sombres, qui se rassemblent en petits groupes malgré la froidure hivernale. Elle détaille les visages mais ne reconnaît personne.

Claudie hausse les épaules, dépose sa tasse dans l'évier et enfile son bonnet ainsi qu'une doudoune polaire sans manches mais très épaisse, avant de sortir sur la terrasse. Le froid la saisit immédiatement et elle sautille sur place avant de descendre au jardin. En chemin elle attrape le sécateur coupe branches resté hier sur le muret de la terrasse. Ce matin, John avait à faire, mais elle peut continuer seule : les branches coupées parsèment le terrain et à elle la corvée de les débiter en petites bûches, idéales pour allumer le feu dans sa cheminée. Courageusement, Claudie se met à l'ouvrage en commençant par le mûrier le long de la route.

Du coin de l'œil, elle suit l'agitation qui s'amplifie devant le cimetière. La cérémonie l'intrigue un peu, d'ordinaire il n'y a pas foule, mais aujourd'hui, les rangs des vivants ne cessent de grossir. La jeune femme se demande bien qui est le mort, personne n'a cru bon de l'informer. Probablement parce qu'elle ne connaît pas, personnellement, la victime. En coupant mécaniquement mais inexorablement les branchages, elle se fustige elle-même de sa curiosité morbide, et se rassure illico en se disant que son activité professionnelle de journaliste n'est pas étrangère à cette manie. Le temps tourne et la jeune femme ne le voit pas passer. Telles des métronomes, ses mains actionnent le sécateur et les branches coupées s'éparpillent peu à peu tout autour de ses pieds. Elle donne encore un coup et s'éponge le front car malgré le froid, elle sue comme un bœuf sous son bonnet.

« Je dois être trop sexy, vraiment ! » pense-t-elle en secouant la tête, un sourire aux lèvres.

Dans la rue, le brouhaha diffus des conversations s'est arrêté tandis que les cloches de l'église retentissent et qu'au loin, un cortège silencieux apparaît. L'image, même triste, est belle, de ce village médiéval ardéchois qui se dessine en arrière-plan. Les maisonnettes se volent la vedette, enchevêtrées les unes aux autres, regroupées autour du château de Joyeuse, transformé en mairie.

La maison de Claudie est la dernière de cette rue, bien tranquille à l'écart.

Le corbillard avance lentement, entouré de fidèles. Devant les grilles du cimetière, le véhicule stoppe délicatement et quatre hommes en retirent un cercueil immaculé. Surprise, la jeune femme écarquille les yeux. Ce blanc étincelant dans cette matinée grisâtre et froide lui coupe le souffle. Elle en déduit que, probablement, ce choix indique le décès d'une personne trop jeune pour quitter le monde. Elle se sent triste tout à coup, bêtement, ne pouvant s'empêcher de suivre la cérémonie, et se reprochant intérieurement d'être une indiscrète.

Entre temps, la foule a fondu dans le cimetière, disparaissant derrière les hauts murs. Claudie secoue la tête et se remet au travail : elle ramasse ses bûchettes fraîchement coupées pour les déposer sous la terrasse, là où elle a pris l'habitude de ranger son bois, à l'abri de la pluie. Mécaniquement, elle fait de nombreux allers-retours, les bras chargés et la tête vide.

Soudain les grandes portes du cimetière claquent bruyamment et la foule s'éparpille sous les cyprès. Les conversations se mélangent, les gens s'embrassent et se saluent tandis que le corbillard, vide, s'en va vers la grande route. Au loin les cloches sonnent midi. Claudie n'a pas vu l'heure tourner, toute à son activité.

Elle reconnaît deux figures locales dans l'attroupement : Lucie Chauvet et Madame Kleber, deux vieilles dames, qui sont les dernières à sortir, à petits pas comptés.

« La pauvre Lucie a de plus en plus de mal à marcher » remarque Claudie en suivant, inquiète, l'avancée chaotique du duo, aussi rapide qu'une limace. Les deux petites têtes chapeautées et leurs maigres bras s'agitent en mouvements brusques, au risque de totalement les déséquilibrer.

Claudie fronce les sourcils et lâche à haute voix :

-Mais…on dirait qu'elles s'engueulent ?

Alors, dans un mouvement impulsif, la voilà qui jette son tas de bûchettes, s'approche de son portillon, telle une sentinelle devant les deux mémés et les interpelle d'une voix forte :

-Bonjour mesdames !

Son intervention a stoppé net le duo. Claudie ne se démonte pas et reprend :

-Voulez-vous vous reposer un petit peu ? Ou alors je vous raccompagne en voiture ?

Les deux vieilles dames s'interrogent du regard.

C'est la plus ancienne, Lucie Chauvet, quatre-vingt-quinze ans au compteur, qui répond finalement :

-Oui ! Excellente idée, Claudie ! Je veux bien profiter de ta voiture ! Nous sommes restées une éternité debout dans le cimetière et mes vieilles jambes ne me portent plus ! En hiver je suis percluse de rhumatismes…

-Ne bougez pas, j'arrive !

La jeune femme fonce chercher ses clefs et embarque tout le monde, cahin-caha dans sa petite voiture.

Après quelques mètres, Claudie n'y tient plus et lance la question qui lui brûle les lèvres :

-Dites-moi, qui a-t-on enterré ce matin ? Il y avait beaucoup de monde…

-Oh oui ! répond Lucie. C'est une vieille amie à nous, mais je pense que tu ne la connaissais pas : Théodora Baswell. Ce nom te dit-il quelque chose ?

-Non. Mais j'ai remarqué le cercueil, si blanc…je croyais à une jeune fille.

Lucie a un petit rire :

-Oh oui ! Une drôle d'idée, non ? Mais notre chère Théodora était coutumière des idées un peu loufoques, vois-tu, ajoute la vieille dame en agitant ses petits doigts gantés.

A ses côtés, Madame Kléber n'a toujours pas ouvert la bouche. Claudie ne la connaît pas bien, elle vit dans une petite maison, près du chantier de John, un quartier au pied des Grads, la colline qui barre l'horizon.

« On dirait qu'elle boude » se dit la jeune femme, conduisant avec le plus de douceur possible pour ménager les vieux os.

Dans son dos, en chuchotis pour sourds, la conversation entre les deux voyageuses reprend :

-Je vous assure qu'elle n'avait aucune famille à part sa sœur décédée il y a si longtemps, commence Madame Kléber. Pensez-donc, je visitais cette pauvre Théa toutes les semaines ! Et pour avoir discuté avec les infirmières, personne d'autre ne lui rendait visite !

-Et moi je vous dis que je les fréquentais dans le temps, bien avant votre venue, répond Lucie en croisant les bras. Et j'allais régulièrement faire l'école à leur pauvre nièce ! Ça je ne l'ai pas inventé tout de même !

-Mais depuis le temps, elle serait venue les voir quand même ! répond Madame Kléber.

-Elles se sont fâchées. Cette jeune fille est restée jusqu'à sa majorité puis elle est partie, comme une malpropre, sans un mot d'adieu ou de remerciement ! Je me souviens très bien de la fureur et de l'inquiétude d'Isabel ! Quant à Théodora…il a toujours été difficile de deviner ce qu'elle avait en tête.

-De toutes façons, nous le saurons bien assez tôt, répond Madame Kléber. Il va y avoir le testament. Mais je maintiens que Théa n'a jamais indiqué la moindre famille en dehors de sa sœur Isabel !

-C'est peut-être vrai. Mais vous n'avez connu QUE Théodora qui perdait la tête, et à un âge canonique en plus. Et moi je sais ce que j'ai vécu.

Dans son rétroviseur, Claudie observe Lucie, l'institutrice retraitée qu'elle aime beaucoup, mais ne voit rien de son visage caché sous son petit chapeau noir à voilette ; elle distingue juste ses lèvres pincées. Une expression peu courante sur le visage de la vieille dame au caractère d'ordinaire si bienveillant.

La voiture stoppe enfin devant chez Madame Kléber et la jeune femme ne coupe pas le moteur. Patiemment elle aide la frêle dame chapeautée à s'extirper de l'habitacle et la raccompagne jusqu'à sa porte. Un dernier signe de la main et Claudie s'engouffre à nouveau dans sa voiture. Elle opère un demi-tour sur la route et repart en sens inverse, toujours en douceur. Derrière elle, c'est le silence, encore.

Claudie s'inquiète :

-Ça a l'air de vous chagriner cette histoire de nièce, non ?

Les petits yeux fanés de Lucie la fixent dans le rétroviseur, puis un sourire apparaît sur le visage parcheminé.

-Ne t'inquiète pas ma brave Claudie, tu sais, à nos âges, un rien nous tourneboule. On craint tellement de perdre la tête ! Mais je suis certaine de ce que j'avance et je lui riverai son clou à cette Kléber-qui-sait-tout ! Tiens, je me souviens même du prénom de cette jeune fille : Emmy. Très anglais comme ses tantes, mais pas moyen de me rappeler son nom de famille, si je l'ai su un jour, d'ailleurs. Les sœurs Baswell n'étaient pas très loquaces. Enfin, nous verrons bien ce que le notaire découvrira.

-Elle était riche cette Théodora ? questionne Claudie.

-Oh ça oui ! Quand on voit sa maison on ne dirait pas, cela ne ressemble pas à un château. C'est une ruine maintenant, et puis elle a subi la forte crue de 1992. Elle est fermée depuis si longtemps… Tout doit être moisi.

La vieille dame semble réfléchir. Un ange passe.

Ses yeux se font soudain mélancoliques.

-C'était si joli cet endroit dans le temps ! Isabel y avait créé un jardin merveilleux, fleuri et bucolique, avec une mare, un puits, des statues, plein de recoins ombragés et emplis de fleurs de toutes les couleurs. J'adorais y flâner, même si elle ne le permettait pas toujours. Elle cultivait les herbes aromatiques de façon un peu anarchique, et craignait toujours qu'on les écrase. Elle en avait tellement…

Perdue dans ses souvenirs, Lucie se tait les yeux rêveurs, puis reprend :

-En réalité, concernant leur fortune, ma pauvre Claudie, j'avance des choses mais je n'en suis plus très sûre. Les soins de Théodora toutes ces années n'ont pas dû être gratuits. A l'époque où je les fréquentais, elles étaient riches, oui, mais maintenant, je ne sais pas. En revanche, l'histoire de la nièce, ça j'en suis certaine ! Je me souviens même des dates : fin des années soixante-dix ! J'y étais, tu comprends ?

Claudie sourit pour la rassurer. « C'est fou comme on devient grincheux pour de petites choses en vieillissant ».

-Nous voici arrivées ! annonce-t-elle en stoppant devant l'imposante masure.

Pleine de sollicitude, elle aide la vieille dame à sortir de son carrosse et l'accompagne avec douceur jusqu'au seuil. Les petites mains ridées tournent la clef dans la serrure puis serrent chaleureusement le bras de la jeune femme. Un dernier regard et la douce Lucie disparaît entre les murs épais de son royaume. Claudie se précipite dans sa voiture et manœuvre pour rentrer chez elle. Maintenant, dans l'air glacial, toute la sueur de sa matinée champêtre lui gèle le dos. Le soleil ne parvient pas à percer le ciel gris hivernal, une légère brume recouvre le paysage, renforçant encore l'impression de froid intense. Claudie ne rêve plus que d'une bonne douche bouillante et d'un bon repas.

Le fossoyeur donne un dernier coup d'œil à l'ensemble : avec ses collègues, ils ont bien remis la plaque de marbre noir en place et disposé dessus toutes les couronnes et compositions florales apportées tôt ce matin. Comme le cercueil qu'ils viennent de descendre dans la fosse, il n'y a que des fleurs blanches. Quelle drôle d'idée !

L'homme crache dans l'allée en rajustant sa casquette, se faisant la réflexion que celle qui dort maintenant pour l'éternité sous le marbre était véritablement barjot. Et la sœur enterrée il y a des années, aussi. Elles doivent être heureuses de se retrouver dans l'autre monde maintenant. En tous cas, elles ne manqueront à personne ces deux vieilles biques !

Quelques images du passé lui reviennent en mémoire, lorsqu'il y a vingt-trois ans, pour Isabel Baswell, déclarée noyée, emportée par la crue, il creusait cette tombe. Le cercueil était bien léger et pour cause, car il était vide. Malgré leurs recherches, le corps n'avait jamais été retrouvé. Un cercueil noir comme la suie pour la première ; tout l'inverse d'aujourd'hui.

En fronçant le nez, il revoit ce triste jour de 1992, le premier de son embauche, où la sœur survivante hurlait son désespoir, à genoux entre les tombes du cimetière, sans aucune retenue, les cheveux hirsutes, paralysant de gêne toute l'assistance de cet enterrement. Il avait fallu qu'il intervienne avec ses hommes pour la retenir de se jeter vivante dans la fosse. Même à quatre, ils avaient eu un mal fou à la maîtriser. Après ça, elle avait fini au Cantou, le seul endroit approprié pour les foldingues comme elle. Certaines familles sont maudites, elles accumulent le désespoir.

L'homme crache à nouveau devant la tombe et se détourne, en rajustant, encore une fois, sa casquette.

2- Le journal de Théa -1962

J'ai toujours eu des journaux secrets. Notre mère aussi noircissait des cahiers entiers. Nous n'avons pu les emporter avec nous lorsque nous sommes parties du manoir. Le dragon avait dû les brûler.

Babel dit que je suis comme maman. Elle aussi entendait les voix, même si nous n'avons pas beaucoup de souvenirs de notre mère. Elle vivait peu avec nous, surtout en voyage, avec papa, pour les affaires, dans de lointains pays. Nous restions au domaine, avec les domestiques. Nos parents nous manquaient beaucoup, petites. Jusqu'au jour fatal où ils ont totalement disparu de nos vies.

« Fichue automobile et fichue pluie ! » Avec Babel, nous avons décidé que nous ne conduirions jamais. Nous devons rester ensemble, toujours.

Il nous reste les bons souvenirs, comme le répète Babel.

Je me souviens de Baswell Manor et de ses jardins si verts, si bien entretenus, avec la ferme à côté pour nous nourrir. J'ai peu de souvenir de père, trop accaparé par ses affaires, mais j'aime me rappeler maman. Elle était très gaie. Sa longue chevelure rousse brillait dans le matin. Elle aimait les longues robes fleuries mais pas les bijoux que papa lui offrait. Elle collectionnait les grands chapeaux et les châles à franges, qu'elle portait pour se promener sur la lande. Après nos leçons, elle trépignait de venir nous chercher, Babel et moi, nous prenait la main et nous courions comme des folles, les pieds nus dans la pelouse. Puis elle nous lisait des histoires rocambolesques, nous déguisait comme des princesses de contes enchantés et nous couvrait de ses bijoux.

Je me souviens d'une fois où papa avait piqué une colère épouvantable parce que je portais un diadème de rubis pour courir dans les bois. Papa hurlait tout rouge. J'étais très étonnée de le regarder s'agiter ainsi. Babel baissait les yeux, penaude, mais moi j'avais éclaté de rire avec maman. Bien entendu, on m'avait battue. C'est Babel qui m'avait consolée après. Je ne sais où avait disparu notre mère pendant ma correction, emportée brutalement par ce père bouillonnant. Et les bijoux avaient été mis au coffre. Je n'en avais perdu aucun pourtant !

Babel m'avait sermonnée aussi, un peu, de son petit air important.

« Quel air sérieux elle avait déjà petite ! »

Mais elle souriait quand nous faisions la ronde avec maman. Oui ! je me souviens : elle souriait ! Maman doit lui manquer, peut-être, depuis toutes ces années ?

Mais pas à moi.

Moi, les voix m'accompagnent, je n'ai besoin de personne.

Ou plutôt si, de Babel, mon esclave.

II

Un lundi après-midi de février 2015.

Claudie et John finissent leur corvée. Le jeune homme est venu la rejoindre après le repas. Prenant ensemble le thé, assis sur la terrasse, Claudie n'a pas pu s'empêcher de raconter comment elle avait raccompagné les deux voisines qui se chamaillaient dans sa voiture. Il n'a rien répondu, se contentant de hocher la tête puis, il a pris la direction du jardin et avec sa tronçonneuse s'est escrimé sur les derniers arbres. Sacré John ! Impossible de connaître ses pensées.

Claudie le rejoint et continue de débiter les branches coupées au sol et de transporter ses bûches. Mais il y en a tellement que John a proposé d'allumer un feu au milieu du pré pour brûler tout le surplus. Accroupi dans l'herbe, il essaie déjà de démarrer le brasier. Dans peu de temps, la nuit va tomber. Claudie se fait la remarque que, même sans dialogue, ils s'entendent bien. Sa méfiance naturelle semble s'éloigner peu à peu. Elle observe en douce son compagnon et approuve les gestes graciles qui l'animent. Une petite voix lui chuchote à l'oreille que peut-être il sera l'élu de son cœur, un jour, elle qui erre solitaire depuis si longtemps.

« Ma pauvre, tes hormones s'affolent pour un rien ! »

Elle secoue la tête comme pour chasser l'idée incongrue et se dépêche d'apporter le plus de branches possible près du foyer. Elle reprend ses aller-retour, chargée comme un mulet. L'humidité et la fraîcheur tombent avec l'obscurité mais la jeune femme ne les sent pas, transpirante dans sa doudoune. Elle a mal partout, surtout dans le dos et à l'arrière des jambes à force de se courber vers le sol, mais elle se sent bien, elle est heureuse, la tête vide.

Le portillon du jardin grince légèrement, annonçant une visite impromptue. Et la voix de stentor de Justin, leur ami, retentit :

-Salut à vous !

Claudie sourit en détaillant son vieux comparse débouler dans le pré : comme à son habitude, il avance vivement de sa démarche chaloupée, tandis qu'un grand imperméable se déploie autour de sa silhouette longiligne, ses longs cheveux emmêlés s'étirant derrière lui.

« On dirait vraiment un poulpe en mouvement au fond de l'eau, avec des tentacules qui s'agitent » se dit-elle.

Ravie de le voir, elle constate qu'ils ne s'étaient pas croisés depuis plusieurs semaines, chacun vaquant à ses occupations. Elle sait que s'ils se voyaient tous les jours, ils ne se supporteraient pas, mais aussi, que le voir régulièrement lui est essentiel.

Journaliste, comme elle, Justin est le correspondant local des petits évènements du village. Il vivote, habitant encore chez son père, car sa grande passion, celle qui lui mange son temps et son argent, est une quête, celle des vieilles histoires criminelles du passé. Souvent il poursuit des chimères, mais parfois, parfois il tombe juste. Dès lors, plus rien ne l'arrête, tel un bulldozer il fonce selon ses pensées jusqu'à la découverte de la vérité. Claudie admire sa ténacité et son abnégation depuis les cinq années qu'ils se côtoient. Mais il sait aussi devenir terriblement irritant.

Le grand échalas se rapproche des deux autres et se laisse happer par la beauté des flammes qui s'élancent haut vers le ciel, le bruit du crépitement des branches encore vertes devenu assourdissant. Tous les trois restent ainsi plusieurs minutes tandis que l'obscurité se fait plus grande. Et dans un même élan, ils décident de rentrer au chaud.

Dans la cuisine, Justin se laisse tomber sur une chaise et étire ses longs bras vers le plafond en lançant :

-Alors, les mûriers, c'est la fin ?

-Oui, presque, répond Claudie. Et toi ? Quelles sont les nouvelles ?

-Bof, rien de précis. Tout le monde ne parle que de Charlie, de Nice et de menace islamique, au journal. Difficile de trouver d'autres sujets.

-Ben quand même Justin, c'est grave, c'est même monstrueux ! Pense à tous ces innocents morts qui n'ont rien demandé. Tout ça pour des idées rétrogrades ! Et ça fout la trouille, on ne sait jamais où ça va tomber : Paris, le Nigeria, la Libye. C'est mondial !

-Tu as raison, je ne nie pas. Aux dernières nouvelles, des tombes ont été profanées dans un cimetière juif du Bas-Rhin. On se demande ce qui se passe autour de nous… Je ne comprends pas le but.

John ne parle pas mais il acquiesce de la tête, vigoureusement. Ils sirotent leurs tisanes bouillantes, le regard dans le vague, silencieux, très sérieux.

-Ça ne m'arrange pas, tout ça, reprend Justin.

-Qu'est-ce que tu veux dire ? demande Claudie.

Il semble réfléchir, la tête entre ses mains aux doigts noueux et reprend à faible voix :

-Imagine une fourmilière bien organisée où chacun vaque à ses petites occupations. Bon. Tu sais bien que moi, je cherche la petite fourmi qui sort du lot, celle qui travaille quelque chose en marge de l'organisation générale. Tu comprends ce que je veux dire ?

Claudie fronce les sourcils mais en filigrane, elle devine ce qu'il essaie de lui expliquer. A de nombreuses occasions, Justin s'est penché sur de menus détails que personne ne voyait, pour creuser un peu derrière les faits et déterrer telle une taupe, les secrets de famille peu ragoûtants.

Justin reprend :

-Visualise la fourmilière bien organisée. Tu as une image d'ensemble plutôt régulière qui fait que le moindre mouvement hors cadre est bien visible. Enfin pour moi.

-T'as qu'à t'envoyer des fleurs, balance Claudie avec un sourire narquois.

-Mmmm. Bon maintenant il y a les attentats de Charlie, les prises d'otages, les tueries, les tombes profanées, etc. Peu à peu, la fourmilière s'affole, les fourmis s'agitent en tous sens et la belle cohésion, la belle organisation, volent en éclats ! s'écrie-t-il en jetant ses bras comme deux tentacules vers le plafond.

Claudie et John en ont sursauté dans un bel ensemble mais restent pendus aux lèvres du poulpe qui conclut :

-Et dans tout ce fatras, comment veux-tu voir le petit caillou qui finira dans une chaussure ?

La jeune femme est consternée :

-Mon pauvre Justin, tu es définitivement fou. Tes théories sont bien belles mais il y a des morts, innocents, c'est bien plus grave que tous tes mystères qui remontent à Mathusalem, dont tout le monde se fout et qui ne blessent que les vivants.

-Mmmm, je sais ce que tu penses, Mademoiselle Chance, mais un jour, tu verras que j'avais raison.

-Oh tu m'énerves avec ce surnom ridicule. Et en y réfléchissant bien, tu as tort ! Si je reste dans le schéma de ta fourmilière, je crois que toi, tu chasses plutôt la petite fourmi qui ne fait pas de vagues, justement, celle qui continue ses petites activités louches alors que tout le monde s'agite autour ; donc tu devrais la voir encore mieux aujourd'hui.

Le poulpe semble y réfléchir intensément et Claudie jubile de l'avoir ainsi mouché.

-*Je vais prendre un douche*, propose John en se levant.

Les deux autres le regardent partir sans lui répondre.

-J'adore son français, commente Claudie en le suivant du regard.

-L'important c'est de se comprendre, répond Justin. Tu es bien vilaine ce soir de te moquer de lui.

-Non je ne suis pas vilaine. Je ne me moque pas ! J'aime bien l'entendre, je te jure. C'est mélodieux, voire exotique. Mais bon, toi, tu ne sais pas ce que je veux dire par là.

Elle se mord la lèvre, se demandant soudain si elle ne va pas trop loin avec ses insinuations. Il y a peu, Justin lui avait confié être diagnostiqué sociopathe, à l'abri de toute sensibilité. Et il l'avait émue en se livrant ainsi, même si, comme justifiant le diagnostic, il n'avait pas semblé en souffrir. Il n'empêche, elle craint l'avoir blessé avec ses insinuations acerbes. Elle n'ose le regarder, se demandant même brusquement, si elle aussi, ne souffre pas du même trouble. Sinon comment expliquer qu'à presque quarante ans, elle soit toujours célibataire et qu'aucun homme ne trouve grâce à ses yeux ?

« Ou alors je suis homo et je ne le sais même pas ! » Justin lui jette un œil interrogateur, puis il pose sa tasse et éclate de son grand rire silencieux. Tout son corps est agité de soubresauts tandis qu'il se tient les côtes, sans que le moindre son ne sorte. Claudie sourit, soulagée.

-Mademoiselle Chance, tu seras toujours mon plus grand mystère. Faisons la paix ! lance-t-il le visage radieux. Et sans transition : tu as remarqué l'agitation devant chez toi ce matin ?

-Il aurait été difficile de la manquer ! Y avait une de ces foules !

-Ah oui, c'était une star la Théodora…

-Et comme tu es en verve, tu vas m'en dire un peu plus non ?

-D'abord une autre tournée de tisane, si tu veux bien. Je reviens de chez Lucie Chauvet, qui m'a téléphoné ce midi pour que je passe la voir.

Il fait une pause et redresse la tête :

-Bon, arrivée des sœurs Baswell au village, après la guerre. Je n'étais pas né mais, elles ont tellement fait jaser les villageois quand elles ont débarqué de leur Angleterre natale, qu'au final, tout le monde connaît leur histoire.

-Pourquoi elles faisaient jaser ? le coupe la jeune femme.

-Parce qu'elles étaient différentes. Différentes des gens, ici. Joyeuse, après-guerre, c'était un village très paysan, alors qu'elles venaient manifestement de la haute bourgeoisie anglaise. Elles avaient d'autres manières, elles ne travaillaient pas pour vivre, et elles parlaient un français remarquable avec un petit accent. Maintenant, toutes ces considérations sont devenues totalement obsolètes.

D'un mouvement de tête, Claudie fait signe à Justin de la suivre au salon ; elle s'agenouille devant la cheminée et ravive le feu. Au fond de la maison, l'eau de la douche glougloute dans les tuyaux. Le poulpe, bien installé dans le canapé de cuir avec sa tisane, continue son récit :

-Dans les années cinquante, voilà deux jeunes Anglaises, deux sœurs, qui déboulent au village. Elles ont la vingtaine, elles sont seules, elles sont étrangères, elles semblent riches et l'une d'elle, Théodora, est belle à croquer.

-Une expression incongrue dans ta bouche.

-Arrête de m'interrompre tout le temps, Mademoiselle Chance. Très vite les jeunes gars du coin se sont précipités pour les accueillir alors que les mères et les jeunes filles les ont boudées. Mais en peu de temps, les choses ont repris leur cours normal : Isabel était riche mais désagréable à côtoyer, tandis que Théodora est apparue très vite comme complètement fofolle.

-Fofolle ?

-Elle était bipolaire ou schizophrène ou autiste, enfin surtout elle avait l'esprit d'une enfant capricieuse ; elle pouvait être un jour absolument charmante et enjouée, et le lendemain, mélancolique et mutique, ou faire des crises d'hystérie phénoménales, pour trois fois rien. Enfin je te rapporte les ragots qu'on m'a confiés.

-C'est tout à fait ce que disait Lucie Chauvet, aussi.

Justin semble réfléchir, mais il reprend son histoire :

-Donc au village on leur fiche la paix, les deux sœurs font leur vie. Petit à petit, on vient voir Isabel en douce pour ses tisanes miracles. Elle pouvait tout soigner ! Même le médecin et le pharmacien du coin faisaient appel à ses services. Et les vétérinaires aussi, je crois. Une authentique sorcière… Quant à Théodora, soit elle part à l'hôpital psychiatrique se calmer les nerfs quelques semaines, soit tu la croises au village en train de peindre des aquarelles. Isabel va à la messe comme une vraie bigote et finance pas mal d'œuvres au sein de l'église. On en vient même à la plaindre d'avoir une sœur malade de la tête. Mais la sœur est si jolie et gaie, elle a beaucoup d'amis chez les peintres amateurs. Et en quelques années, elles font partie de la communauté.

-Mais toi, tu as reniflé quelque chose…

-Pas du tout ! Pourquoi dis-tu cela ? Non, non, tu te trompes, elles ont fait leur vie comme ça dans le village, différentes mais tranquilles. Je ne les ai pas vraiment connues, je suis né trop tard. Elles étaient plutôt de la génération de mes grands-parents. Le malheur c'est qu'en 1992, j'avais dans les quinze ans et je m'en souviens encore, nous avons connu ici l'une des crues les plus violentes de la rivière Labeaume. Leur maison est juste sur la rive, alors elles ont été vite inondées, comme tout le quartier d'ailleurs. L'eau est même montée jusqu'à la Grand Font et pas qu'un peu ! Tu as sur l'un des murs de la place une plaque indiquant le niveau de la crue au plus fort, si ça t'intéresse. On a déploré trois morts, dont Isabel, noyée. Leur maison était presque totalement sous l'eau. Théodora a eu la chance d'être en clinique très loin au même moment. Mais comme elle était incapable de s'assumer seule et que cette tragédie l'a particulièrement touchée, elle a fini au Cantou.

-Ben c'est pas gai ton histoire… conclut Claudie.

Justin ne répond pas, les yeux fixés sur le feu dans la cheminée. Claudie sirote sa tisane devenue tiède et relance la discussion :

-Et la nièce alors ? Tu n'en parles pas ?

-Si, si, j'y viens. Je n'en avais jamais entendu parler. Lucie m'a demandé de la rechercher bien entendu. Et c'est pour ça que je suis là : avec John et toi, il faut que nous établissions un plan de recherches, répond le poulpe.

Claudie est sonnée, elle pense avoir mal compris, elle reste stupide et muette dans son fauteuil tandis que John fait enfin son apparition, habillé de propre, se séchant les cheveux avec sa serviette ; il s'installe sur un pouf sans un mot, ne remarquant pas la tension et le silence soudain dans la pièce. Justin semble rêver.

Claudie se redresse brusquement et s'écrie :

-Ah non ! Tu ne vas pas recommencer ! C'est toi que ce fatras intéresse, alors débrouille-toi tout seul !

Les deux autres la regardent comme une apparition. Elle se retrouve obligée de se justifier auprès de John, alors elle laisse échapper sa colère :

-Tu n'as pas entendu, John, alors je vais t'expliquer. Notre « cher » Justin veut que nous partions tous les trois en croisade derrière un fantôme. Mais il ne se demande pas si cela nous plaît à nous de courir après les souvenirs et les morts ? Il ne se demande pas si cela nous intéresse, nous aussi ? Il ne se demande pas non plus si nous avons autre chose à foutre de notre temps ? Il ne se pose pas de questions sur les conséquences de ce que nous trouvons, comme des corps rabougris et puants, comme ces images qui nous restent fixées pour l'éternité sur la rétine ! Oh non, Monsieur décide pour nous ! Eh bien moi je refuse. Tu m'entends ? Je refuse ! Plus jamais je ne veux revivre ce que tu m'as fait faire l'été dernier ! Plus jamais ! Je ne suis pas policier, ni enquêteur, ni détective ! J'en ai marre, Justin, j'en ai assez de tes cold case ! Vas-y si tu veux, mais oublie-moi ! Je ne t'aiderai pas ! C'est non !

Le pauvre John semble effrayé par la scène, il ne comprend rien. Justin interroge la jeune femme :

-Mais voyons, c'est Lucie qui nous demande de chercher la nièce. Et puis il n'y a pas de morts ou de cadavres dans cette enquête. Au contraire nous allons chercher une vivante !

-Je la sens pas ton histoire, maugrée Claudie. Et j'ai du boulot par-dessus la tête, je te rappelle. D'ailleurs je n'avance pas, la taille des arbres m'a pris trop de temps, mon éditeur me relance chaque jour. Il me faut le calme et la tranquillité. Lucie se passera de moi !

Le poulpe la regarde les yeux écarquillés, un presque sourire sur les lèvres.

-Mais quelle mouche te pique soudain ? demande-t-il.

Persuadée qu'il se moque d'elle, Claudie n'y tient plus et explose :

-Sortez d'ici tous les deux, laissez-moi seule.

Justin et John sont sortis précipitamment de la maison, en fuyant, comme des voleurs. Encore abasourdis par la scène qu'ils viennent de vivre, ils ont du mal à s'éloigner du portillon, comme s'ils attendaient inconsciemment que Claudie les rappelle, une fois calmée.

Mais non.

Il n'est pas encore vingt-deux heures et les lumières de la maison s'éteignent une à une, sous leurs yeux.

-Décidément, je ne comprends rien aux femmes, lance Justin. C'est quoi son problème ?

-*Demain, elle va mieux*, répond John en souriant. *Je crois que pas prête. Ou fatigue ?*

-Tu as raison, John. Mais il va bien falloir qu'on parle, et surtout que je lui montre ce que tu sais. Là, ça va être un tsunami pour elle…

Le silence entre les deux hommes se fait. Ils restent pourtant là, à se dandiner dans le froid humide, faiblement éclairés par le lampadaire du cimetière.

John reprend en chuchotant :

-*Je crois qu'on surveille moi.*

Justin redresse la tête et plonge ses yeux délavés dans ceux de son ami ; affichant soudain un grand sourire, il chuchote aussi :

-Ne t'inquiète pas, fais-moi confiance, tu ne risques rien. Mais surveille Claudie.

3- Le journal de Théa -1962

Depuis ce matin il pleut ; je regarde les gouttelettes descendre le long de la vitre. Cela me rappelle notre enfance en Angleterre. Et la vieille.

Je me souviens de notre domaine, perdu dans la lande. Notre jardinier, Henry, s'occupait à merveille des jardins. Babel le suivait partout, tandis que moi je restais au chevet de cette vieille bique de tante Hortense, pour lui lire ses bêtes histoires à l'eau de rose qu'elle aimait tant. Babel lisait mal et tante Hortense ne souffrait pas le petit visage si laid de ma sœur.

La pluie me rappelle toujours tante Hortense.

Il pleuvait aussi quand, après le funeste accident, ce dragon de tante Hortense est arrivée pour nous éduquer. Nous ne l'avions jamais vue auparavant. « Feu le dragon ! »

Elle est descendue du taxi avec sa petite valise, est restée plantée dans l'allée face à tous les employés de maison, bien alignés à l'entrée, tandis que Babel et moi, nous tenant la main, nous essayions de faire bonne figure, comme notre Nannie nous l'avait recommandé. En silence, sous son parapluie noir, le dragon nous a tous observés un à un, son regard glissant sur nos deux petites silhouettes, puis elle a levé la tête vers les hautes tours du manoir et, avec un sourire mauvais, est entrée comme une reine, toute la cohorte de domestiques à sa suite.

Lentement, patiemment, elle a jeté son dévolu sur les plus faibles, pour les plier. Notre nourrice préférée, Mary, est partie la première, en larmes, par la petite porte de derrière. Tous les autres ont suivi, peu à peu.

Pour finir, il n'est resté qu'Henry le jardinier, la cuisinière Maguy, et une vieille bonne dont j'ai oublié le nom, mais dont les coups de badines sont bien restés ancrés dans ma mémoire.

Ce fut l'enfer. Mais nous étions toutes deux ensemble Babel et moi. Nous complotions chaque soir ; et les voix me conseillaient.

« Feu le dragon ! »

Quand nous avons eu l'âge légal, subitement, la tante Hortense est morte dans son sommeil. Le dragon qui se disait si fort a malgré tout été terrassé, et par plus petit qu'elle ! On a parlé de virus ou de microbes. Mais personne n'a pensé aux tisanes de Babel et à mes soirées en tête à tête avec la vieille. Sauf peut-être le jardinier Henry, qui me fixait de son regard dur. « Feu le dragon ! »

Je n'avais pas peur mais les voix se multipliaient, pleines de colère et de ressentiment.

Alors ma sœur m'a pris la main, et nous sommes parties, loin.

Nous voulions être libres et recommencer à vivre, sans personne, sans dragon qui nous surveille, qui nous commande, qui nous humilie ou qui nous batte.

« Feu le dragon ! »

Ensemble, nous sommes invincibles.

III

Un mardi matin de février 2015.

Le temps ne s'est pas mis au beau, il fait toujours froid et gris. La campagne semble couverte d'un voile épais de brume qu'aucun vent ne veut dissiper. C'est la saison triste où le pays s'enveloppe de son manteau grisâtre et les arbres nus restent immobiles, comme morts.

Claudie déteste l'hiver.

Méthodiquement, John et elle terminent leur travail. Le jeune homme est arrivé ce matin comme prévu et sans faire de commentaire. Il a relancé le feu dans le pré et jeté les premiers fagots posés à côté tandis que la jeune femme va chercher les branches les plus éloignées pour les lui apporter. Elle non plus n'est pas revenue sur son esclandre de la veille. Après leur départ, elle a réussi à se calmer et manger un peu, mais elle a tout éteint dans la maison restant longtemps à regarder le feu crépiter dans la cheminée, la cervelle en ébullition, bouillonnante de colère, en partie contre elle-même, si impulsive parfois. Puis elle s'est endormie sur le canapé. A son réveil, elle était toujours certaine de ne pas vouloir participer aux recherches de Justin, mais apaisée ;

elle a eu raison de lui signifier son refus sinon il serait encore là à essayer de la convaincre. Elle espère qu'il ne s'est pas vexé, même en sachant qu'il ne fonctionne pas du tout comme ça. Et elle est contente de voir John, imperturbable.

Ils ne communiquent toujours pas, ils s'activent côte à côte dans un même ballet. La fumée épaisse du brasier monte droite vers le ciel et Claudie aperçoit dans le lointain d'autres fumerolles, preuves que tous ici s'emploient aux mêmes tâches. Elle se sent soudain en phase avec les autres terriens, en phase avec les villageois, elle qui a eu tant de mal au départ à se sentir acceptée dans cette contrée.

Claudie sourit en s'activant. Elle se revoit lors de son premier séjour dans cette maison, après la mort de son aïeule. Elle en voulait à la terre entière, à chaque minute, sans savoir pourquoi. A la mort de ses parents, elle se croyait une petite femme forte et autonome et pourtant, très vite elle s'était réalisée fuyante, encombrée de certitudes et de complexes. Se faisant violence, elle avait appris à prendre le temps d'écouter les gens venus à sa rencontre, et elle ne le regrette pas. Maintenant, elle a vraiment l'impression de faire partie d'une troupe, d'avoir trouvé une famille, pas celle de sa naissance, mais une famille qu'elle a choisie. De toute façon, il ne reste personne de vivant dans sa lignée.

La jeune femme sourit pour elle et se souvient, tout en s'activant dans le pré. Elle se revoit errer dans le village après l'enterrement de sa grand-tante. Les souvenirs de ses vacances d'été, enfant, avec cette vieille femme lui revenaient en boucle et lui mangeaient la cervelle. Elle ne connaissait personne en ces lieux, alors elle se promenait dans les rues, sans but. La seule personne à qui elle avait adressé quelques mots était la dame de compagnie de son aïeule, Brigitte Pichon, qui passait la réconforter et avait pris en charge, avec fermeté, l'ensemble des obsèques.

Mais c'était sans compter sur Justin : sans gêne, il s'était imposé dans son champ de vision et l'avait collée avec insistance, lui racontant des histoires à dormir debout. Peu à peu, elle s'était souvenue que petits, ils jouaient ensemble au bord de la rivière, pendant les vacances d'été. Mais leurs souvenirs communs s'arrêtaient là. Profondément triste de perdre le dernier membre de sa famille, elle avait accepté le conseil de Justin de creuser le passé en détail. Malheureusement, la vérité s'était soldée par la mise en lumière d'un secret qu'elle aurait préféré ignorer, tandis que Justin exultait. Depuis ce jour, il l'associait systématiquement à ses recherches, pour le meilleur et pour le pire. Comme l'été dernier où ils avaient découvert plusieurs corps de femmes disparues, chez le vieux vétérinaire du village. Clodomir Chambon était un homme seul et cruel, un vrai psychopathe. La jeune femme frissonne de dégoût.

Souvent, Justin faisait appel à David, un autre gars du pays, résolument ancré sur ces terres. Claudie aime bien cet étrange garçon, si discret. Il vit comme terré dans sa tanière, une pièce unique, plus proche d'un centre de tri des déchets que d'un habitat, entouré de ses ordinateurs monstrueux, reliés par une multitude de câbles qui courent partout. Car La Baleine, comme il se présente lui-même, ne se déplace jour et nuit que dans l'océan du net. Comme aucun système ne lui résiste longtemps, il enquête pour Justin et d'autres. Depuis quelques mois il est officiellement consultant dans des affaires judiciaires : police, gendarmerie, juristes, lui confient des recherches. Et d'autant plus depuis les récents attentats terroristes. David trouve toujours quelque chose et ne laisse pas de traces. Quelque part, il n'existe même pas ; depuis qu'il a quitté l'école il est comme transparent, inexistant, invisible aux yeux des administrations. Un vrai casse-tête.

« Il est bien plus utile à Justin que moi ! » se dit-elle, les bras chargés de bois.

A son esprit apparaissent les différents protagonistes de leurs enquêtes, avec lesquels elle a noué de vrais liens : Lucie Chauvet, la mémoire du village, Brigitte Pichon et son mari Hervé, le couple qui s'occupait du quotidien de sa vieille tante, Arthur Morino, le gendarme sur qui elle sait pouvoir compter. Claudie secoue la tête, les yeux rêveurs.

Et enfin John, le dernier arrivé. Mais qui connaît réellement John ? Elle n'ose jamais lui poser de questions. Elle sait juste qu'il recherche ses parents, après avoir découvert qu'il avait été adopté par un couple d'Anglais. La piste l'a mené en Ardèche, avec pour seul renseignement complémentaire le prénom « Rachel », celui de sa mère biologique. Elle ne sait même pas où il en est actuellement, dans sa quête. Et elle ne se permettrait certainement pas de lui poser la question.

Elle jette un œil vers lui : debout devant le feu, il reste planté dans une position peu naturelle, comme paralysé debout, les bras ballants. Elle fronce les sourcils et l'interpelle :

-John ? John !

Lentement il se retourne et la regarde. Elle s'inquiète de ce qu'elle lit dans ses yeux : une frayeur intense. Elle se rapproche vivement.

-Ça n'va pas ?

Il hausse les épaules, se retourne encore vers le point qu'il fixait naguère puis reprend sa tâche sans répondre. Claudie pose son fagot et lui touche le bras :

-John ! Qu'est-ce qui se passe ?

Il la regarde de ses grands yeux bleus et essaie de sourire pour la rassurer.

-Non mais dis-moi ! Qu'est-ce qu'il y a ? Tu ne te sens pas bien ? insiste-t-elle.

-Je sais pas. Quelqu'un regarde, surveille moi.

-Quoi ? Mais qui ? Pourquoi ? répond-elle en tournant la tête de tous côtés, soudain sur le qui-vive.

Elle aussi se met à scruter les environs lointains, à la recherche d'une silhouette funeste et oppressante. Mais elle a beau observer lentement le paysage brumeux, elle ne voit rien de particulier.

-Je ne vois rien de bizarre, il n'y a personne, lui dit-elle. Tu es sûr ?

-No, juste une sentiment. Pas te faire souci. Pas important.

Elle secoue la tête : « c'est quoi encore cette histoire de fou ? » et hausse les épaules.

-Viens, on rentre manger, j'ai faim.

Ils se sourient timidement et se dirigent vers la maison d'un pas vif. Ils enlèvent leurs chaussures crottées et s'installent dans la cuisine.

Le fond de ragoût réchauffé au micro-onde est englouti en peu de temps dans le silence, et c'est au moment du café que Justin entre dans la maison sans frapper, comme à son habitude.

-Salut ! Il faut qu'on discute, lance-t-il en ôtant son manteau.

Claudie éclate de rire et répond :

-Je suis bien contente de te voir mais je ne changerai pas d'avis.

Le poulpe ne répond rien et sort une photo de sa poche. Curieuse, Claudie s'approche du cliché :

-Qu'est-ce que c'est encore ?

-C'est Lucie qui m'a donné cette photo hier. Je n'ai pas eu le temps de te la montrer. Et moi je la trouve très intéressante, dit-il en clignant de l'œil vers l'Anglais.

Claudie scrute l'image noir et blanc : une jeune fille aux cheveux clairs pose dans un jardin fleuri, sagement assise les mains croisées, le visage baissé.

-C'est la fameuse nièce ? Elle paraît très jeune non ? demande Claudie. En même temps, on ne voit pas bien son visage. Lucie n'a pas d'autres photos d'elle ?

-Si, sûrement, elle continue de chercher dans tout son fatras. La nièce paraît avoir environ dix-huit ans. Lucie n'a jamais su l'âge exact.

-Elle a un air fragile… Mais si Lucie lui donnait des cours, pourquoi n'allait-elle pas à l'école ? Était-elle malade ?

-C'est une bonne question ! s'écrie Justin en levant les bras d'un mouvement brusque. La jeune Emmy ne savait presque pas écrire, et lisait très mal. Comme si cette jeune personne n'était jamais allée à l'école. Dans les années soixante-dix, ça fait un peu désordre non ?

-Ça ressemble à l'histoire de l'enfant de la forêt, répond Claudie.

-*C'est quoi ?* demande John.

-Non, juste une expression qui fait référence à ces légendes d'enfants perdus dans la forêt, qui survivent loin de tout et arrivent dans la société à l'âge adulte, mais sans instruction.

-*Tu parles trop compliqué*.

Justin sourit et reprend l'explication en anglais. John semble réfléchir alors. Claudie attend la révélation qui va sortir de sa bouche, mais non, l'homme préfère garder ses conclusions pour lui seul. Justin tape des deux mains sur ses cuisses et continue :

-De plus, la jeune Emmy ne parlait pas un mot d'anglais.

-Ce n'était peut-être pas une nièce, répond Claudie. Ça peut être la fille d'une amie qu'elles logent et nourrissent pour dépanner sa mère.

-Tant de possibilités ! Mais les sœurs Baswell étaient connues pour ne pas avoir d'amis… Donc, on va s'en occuper avec l'aide de David.

-Mais sans moi, soupire Claudie. Justin, tu me saoules avec tes histoires. Ça ne me concerne pas, je botte en touche. J'ai du boulot par-dessus la tête. Je n'ai pas le temps, pas l'envie, voilà.

-Tu as tort.

-C'est ton avis, pas le mien.

-*Moi je veux bien aider*, dit John.

-Mais moi j'ai besoin de vous deux, répond Justin, les bras croisés.

-Ah non. Ça suffit, s'énerve la jeune femme.

Justin ne dit rien.

« Ce qu'il peut être têtu celui-là ! »

Claudie s'est levée pour débarrasser la table et remplir le lave-vaisselle, histoire de se calmer. Elle ne veut pas piquer de colère comme la veille au soir, mais cet animal exagère. Comme chaque fois, le poulpe réagit comme l'égoïste qu'il est : il décide et tout le monde doit faire comme il le veut. Mais pas elle, pas une fois de plus.

-Tu y seras obligée, Claudie, reprend le poulpe à voix basse.

-Je ne vois pas pourquoi…ou alors tu me caches des choses. Qu'est-ce que tu me caches, Justin ?

demande-t-elle en se retournant brusquement vers lui.

Les deux amis s'affrontent du regard, sous les yeux inquiets de l'Anglais. Justin semble peser chaque mot qu'il va prononcer. Et puis brusquement, le grand échalas se lève et sort de la maison comme une bourrasque, son imperméable sous le bras, en claquant la porte et sans un mot.

Claudie rassure John qui reste bouche-bée :

-T'inquiète pas. Ça lui passera. Il reviendra chercher ça, dit-elle en montrant la photo restée sur la table.

John prend le cliché entre les doigts et semble scruter les moindres détails, en fronçant les sourcils. Claudie s'approche de lui et se penche pour mieux voir ; elle sourit car l'odeur de bois qui imprègne les vêtements de John lui remplit agréablement les narines.

-Elle n'a pas l'air très à l'aise, ni très gaie, cette Emmy. Qu'en penses-tu ?

-*Moi je dis qu'elle perdue. Un peu triste, oui.*

-Et regarde ses habits : dans les années soixante-dix, les filles portaient la mini-jupe ou des jeans, pas cette espèce de blouse à fleur sans formes. On dirait des vêtements d'une autre époque. Ce ne sont pas les siens, on a dû les lui prêter. Mais pourquoi ?

-*Oui c'est vrai. Et vois, les yeux.*

La jeune femme réfléchit avant de répondre :

-Tu as raison, le regard n'est pas franc, elle regarde par en-dessous, sournoise. Moi je lis de la colère dans ses yeux, pas de la tristesse.

-*Yes, it's terrible...*

Dans sa grande bâtisse carrée, posée comme un château de guet, Lucie Chauvet, la vieille institutrice, s'interroge. Plantée devant sa fenêtre, elle regarde la plaine embrumée sans la voir. Au fond, elle a toujours su que le passé des Anglaises cachait quelque chose, mais elle n'y était pas préparée. Et tout est si loin. A chaque instant l'urgence la presse d'ouvrir toutes les boîtes de vieilles photographies qu'elle conserve dans ses armoires et la minute suivante, elle n'en a plus la force, comme empêchée par un esprit malin. Pourtant elle a toujours aimé les photos, son dada, sa marotte, bien connue des autres villageois qui lui confient sans remords tous les clichés reliés à Joyeuse dont ils souhaitent se débarrasser. Sans compter ses propres œuvres… Elle jette un œil à son appareil photo qui l'a toujours accompagnée partout, pendant si longtemps, et soupire.

« Je me fais vieille » se dit-elle.

Le notaire l'a contactée vers midi. Il était pressant, directif et obstiné. Tout d'abord excitée par sa demande, maintenant, elle hésite.

« Ce n'est pas le moment de faire ta frileuse, Lucie » se fustige-t-elle, « allez, secoue-toi ! »

La vieille dame quitte sa fenêtre à regret et se dirige vers la grande armoire du salon.

4- Le journal de Théa -1968

Quelle belle journée ! Je suis sortie tout l'après-midi avec mes aquarelles ; sans aller très loin, comme me le recommande Babel.

Je suis restée près de la rivière à essayer de capturer le mouvement et la clarté de l'eau. C'est très difficile, mais tellement stimulant. Beaucoup plus que les activités de ma sœur, qui sont d'un ennui ! Le monde regorge de revendications, d'envies et de plaisirs, mais Babel préfère biner son jardin. Elle pourrait s'arranger un peu et profiter, apprendre des garçons et de leurs charmes…

« Le plaisir, encore du plaisir, se perdre l'âme » chuchotent les voix.

Moi je suis tout l'inverse de Babel. Je séduis. Et mes confidences bouleversent ma sœur qui entre alors dans des colères noires. Quand elle hurle, on dirait une truie que l'on égorge. Elle devrait entrer au couvent. Sous ses airs de dure à cuire, la pauvre est encore vierge. Je pourrais lui apprendre tant de choses secrètes, mais elle se bouche les oreilles.

Moi je ne peux m'empêcher de les entendre, les voix parlent en moi : « se perdre l'âme dans le plaisir, oublier, tout s'y oublie ».

Babel se persuade qu'à Joyeuse, je suis loin des tentations. Je la laisse y croire, je me tiens tranquille. Les voix me conseillent d'attendre encore. Car ma sœur me surveille. Parfois je me sens étouffer sous ce regard perçant. Qui d'autre que moi voudrait partager sa vie ; qui d'autre le pourrait seulement ? Je rêve du prince charmant qui me rejoindra dans les joncs près de la rivière, celui qui basculera mon corps souple sur les rochers, nos ébats rythmés au son de l'eau qui court. C'est un péché pour Babel. Mais tout est péché pour Babel. « Le couvent ! »

Babel m'observe quand je croise des galants, elle me murmure : souviens-toi, Théa, tu t'es déjà brûlé les ailes, souviens-toi de ce que tu as dû subir, souviens-toi comme les hommes sont mauvais.

Babel sourit alors de toutes ses vilaines dents. Elle pense me blesser par ces sombres souvenirs, noyés seulement dans la souffrance et la douleur. En vérité, elle m'a révélée à moi-même. Babel est mon ange gardien. Ma sœur me protège, ma sœur est forte comme un homme, ma sœur les punira tous. J'ai besoin d'elle. Elle ne doit jamais me quitter. Ma sœur ne peut me quitter.

« Elle a aussi besoin de toi ! »

Et quand elle le décide, elle m'interne. Cela ne me dérange pas. Là-bas je vis une parenthèse, je reprends des forces, l'esprit dans le coton où les voix ne peuvent plus, alors, m'envahir. Elles ne sont pas toujours mes amies.

Que fait Babel quand je suis en cure ?

Je l'aime au-delà de tout, je voudrais tout savoir d'elle. C'est ma sœur et ma meilleure amie.

Elle et moi ne sommes pas raisonnables.

IV

Un mardi après-midi de février 2015.

Après le repas, John est rentré soudain chez lui, sans explications. Claudie se pose des questions, se pensant coupable, mais elle renonce rapidement à se prendre la tête. Depuis longtemps, elle veille à ne pas se laisser envahir par les problèmes des autres. Et puis ils ne se doivent rien.

En revanche, sans John, c'est à elle de veiller sur le brasier dans le jardin pour finir le travail. La jeune femme s'agite en tous sens, se presse à ramasser ses fagots et à les jeter dans les flammes. Elle ne voit pas le temps passer, elle souffle sous la charge et parfois se dit que cela ne finira jamais. Elle voudrait terminer avant la nuit, pour attaquer demain le boulot que son éditeur lui a commandé ; un bouquin sur l'affaire des « déracinés de la Creuse », ces gamins que le gouvernement français arrachait, dans les années soixante, à leurs familles sur l'île de la Réunion, pour repeupler les campagnes de la métropole ; une histoire atroce, secrète depuis trop longtemps. Une histoire qui lui a sauté au visage l'été dernier lorsque, avec Justin, ils enquêtaient sur une disparition. Elle a démarré par l'interview de certains enfants, aujourd'hui adultes, qui ont bien voulu se confier, a pris des photos des lieux cet automne ; elle a aussi reçu un nombre incalculable de dossiers depuis l'association qui essaie de retrouver tous les enfants et des courriers de personnes voulant témoigner. Elle se retrouve donc avec une masse énorme de documents à trier et synthétiser pour en écrire un livre. Mais le temps lui manque, comme toujours. Les relances de son éditeur s'accumulent sur son téléphone portable qu'elle n'ose même plus décrocher.

Elle dresse l'oreille soudain, il semble qu'on l'appelle au loin ; elle tourne la tête et aperçoit sur la route devant le grillage, deux personnes, emmitouflées comme des esquimaux, le bonnet bien enfoncé sur la tête. Claudie fronce les sourcils et la lumière se fait enfin dans son esprit engourdi : « les Pichon ! »
Guillerette, la jeune femme pose ses fagots et se dirige vers le couple à grandes enjambées.
-Comment allez-vous ?
-Bonjour Claudie ! s'exclame Brigitte, dont seul le bout du nez dépasse de sa toque en fourrure. Ça fait longtemps qu'on s'est pas vues !
-C'est vrai. Mais tu sais, avec John on ne chôme pas en ce moment.
-Oh oui, je vois ça ! Nous, on profite qu'il ne pleut pas pour se dégourdir les jambes. Sinon, Hervé passerait tout son temps devant le poste de télévision, et pour entendre des mauvaises nouvelles toute la journée, merci bien ! Non mais quelle époque ! Tout ça me fait très peur ! Pas toi ?

Claudie se retient de sourire tandis que le Hervé en question bougonne sous sa chapka molletonnée. Elle ne prend pas le temps de répondre, Brigitte est lancée.

-Alors, où en êtes-vous ? demande-t-elle, tout en ouvrant le portillon du jardin. Je fais comme avant, tu vois, je rentre sans prévenir !

-Et tu as bien raison ! En réalité nous avons fini. Au fait Hervé, dans quelques jours, John s'attaque à la vigne.

-Ah ah, mais vous êtes un peu en retard ! Et vous savez comment faut faire ? demande-t-il soudain alerte, lui qui s'est occupé de cette vigne durant toute sa vie, avant la retraite.

-Oh moi, tu sais, je fais confiance à John.

-Et où qu'il est celui-là ? demande la grosse voix en le cherchant des yeux.

-Il est parti. Je ne sais pas s'il va revenir, ni à quelle heure.

-Drôle de bonhomme hein ? Bon ! Moi, je vais quand même jeter un œil aux ceps.

Et le voilà qui s'enfuit vers la vigne, de l'autre côté de la maison, sous le regard des deux femmes qui s'en amusent. Il a à peine tourné le dos que la Brigitte attaque l'un de ses fameux monologues dont elle a le secret :

-Alors tu es au courant de la mort de Théodora, j'imagine ? Oui, je me doute, l'enterrement s'est passé sous tes fenêtres, tu n'as pas pu manquer toute cette agitation, surtout qu'il y avait un monde fou quand même ! Et ce cercueil blanc, quelle trouvaille ! Non ça alors, la Théodora avait quand même de drôles d'idées tu sais ! La reine du mélodrame ! Moi j'ai toujours su qu'elle était folle, et d'ailleurs si elle a fini au Cantou quand sa sœur, qui elle, avait de la cervelle, est morte, ce n'est pas pour rien, pardi ! A l'époque, on n'a pas mis cent sept ans pour prendre la décision, elle était totalement incapable de rester isolée et même si elle avait eu quelqu'un comme moi pour l'accompagner tous les jours, comme je l'ai fait avec Alice, ta grand-tante, non, avec Théodora c'était impossible, elle aurait rendu dingo la moindre aide à domicile ! Même le ménage, personne ne voulait y aller !

Le flot stoppe brusquement pour permettre à Brigitte d'inspirer une bonne goulée d'air. Elle tape dans ses mains gantées tandis que Claudie s'agite autour du feu, impressionnée comme toujours par le débit de paroles dont Brigitte est capable.

Imperturbable, celle-ci reprend sa logorrhée :

-Quand je dis folle, tu sais, c'est une façon de parler, mais quand même. Et puis, elle passait du temps dans des établissements psychiatriques. Et il me reste en mémoire le jour de l'enterrement de sa sœur, dans le cimetière. Mon dieu, quel spectacle ! C'était incroyable ! Nous étions tous pétrifiés ! Elle hurlait comme une damnée ! Ça m'avait glacé les sangs… Bon, je ne sais pas de quoi elle souffrait exactement, mais le peu que je l'ai croisée, elle était totalement immature, tu m'entends, immature ! On avait l'impression de parler à une gamine ! Alors qu'elle avait l'âge de ma mère…

-Oui, Lucie et Justin disent la même chose, répond Claudie, afin de participer un peu.

-Tu sais, je n'aime pas dire du mal des gens, et encore moins des morts mais je répète juste ce que disaient mes parents. Maman était demoiselle du téléphone, alors elle connaissait tous les petits secrets des gens. Mais attention, hein ! Elle ne répétait rien ! C'est pas comme sa collègue, Yvette ! Celle-là ! Elle se vantait de prendre en note tout ce qu'elle entendait ! Toutes ses collègues lui disaient de se taire, qu'un jour elle se ferait virer ou étrangler. Eh bien non ! Elle est toujours vivante ! Comme quoi la mauvaise graine dure…Bon bien sûr elle a perdu un peu la boule, aujourd'hui, quand même. Elle radote sans cesse les mêmes histoires. Mais pourquoi je te raconte tout ça moi ? Où j'en étais ?

-Tu disais que tes parents connaissaient bien les Anglaises.

-Ah oui ! Maman au téléphone et mon père qui était taxi. C'était le seul du village à cette époque. C'est donc lui qui véhiculait tout le monde, avant que les voitures arrivent en masse dans les campagnes. Moi j'étais encore jeune, mais je me souviens bien qu'il était rentré un soir en disant qu'il n'avait fait qu'une seule course mais qu'elle valait toutes les autres, parce qu'il avait conduit une des sœurs à l'autre bout de l'Ardèche ! Tu comprends, ici, personne n'était assez riche pour faire de grands voyages en taxi. Je ne sais pas ce qu'elle était allée faire si loin, la Baswell, mais après, les journaux n'arrêtaient pas de parler de cet endroit.

-Ah bon, pourquoi ? demande Claudie en se redressant.

Le feu crépite méchamment.

Avec un air de conspirateur, Brigitte Pichon reprend de vive haleine son monologue :

-Té, parce que c'est de là que sont partis les furieux qui ont tué des gendarmes ! « Les tueurs fous de l'Ardèche » qu'ils disaient à la télé ! Tu parles d'une publicité ! Papa affirmait que c'était une sacrée coïncidence et qu'à quelques mois près, il se serait trouvé devant les types ! Quelle horreur !

-Tu te souviens du nom du village ? demande Claudie.

-Oh mais oui ! On n'oublie pas comme ça une telle affaire ! Rochebesse ! Non mais quel scandale à l'époque ! Aujourd'hui, des faits divers, y en a toutes les semaines et depuis peu, des encore plus terribles avec tous ces religieux fanatiques qui tirent sur les innocents ! Mais avant, ce n'était pas comme ça. Et pourtant, on a beaucoup parlé de cette histoire. Ça m'étonne que tu ne la connaisses pas. Tu iras te renseigner sur internet, tu trouveras sûrement des informations. Non mais quel tapage à l'époque ! Et en ce moment ce n'est pas mieux ! Tous ces fous en liberté, ça fait peur ! On ne sait jamais où ils vont frapper ! Moi je tremble quand je sors maintenant.

-Oh tu sais, en Ardèche, je pense que tu ne risques pas grand-chose, la rassure Claudie en souriant.

C'est le moment que choisit Hervé pour se matérialiser près d'elles :

-Ben dis donc, Claudie, tu allumes un feu de Saint Jean ?

-Oui, je me suis laissée emporter par les paroles de Brigitte.

-Ah ça ! Ma femme, elle sait causer !

« Et pas qu'un peu ! » pense Claudie en souriant.

-Oh tu exagères ! Et puis toi tu ne parles que des attentats, alors pardon ! Moi je raconte les belles histoires du passé !

-Ouais, surtout les ragots !

-Mais pas du tout ! Je lui parlais de Rochebesse !

-Le village maudit ? Mais qu'est-ce que Claudie en a à fiche ?

-Oh tu m'agaces, Monsieur Pichon ! Viens ! Nous partons, car quand tu marches, au moins tu ne m'asticotes pas ! Allez, Claudie, je suis bien contente de t'avoir vue ! Et ne prends pas froid ! Et tu passes quand tu veux, je te raconterai plein d'autres histoires ! hurle Brigitte en s'éloignant au bras de son mari, prestement, sa petite toque s'agitant dans tous les sens.

Comme d'habitude, Claudie reste sonnée de l'échange.

« Sacrée Brigitte ! Elle est en forme !»

Secouant la tête, elle reprend le rythme et balance avec énergie un nouveau lot de branches dans le feu, tandis que la nuit tombe. Plus sérieusement, elle se dit qu'il lui faudra envoyer Justin chez le couple

Pichon, cela pourrait peut-être l'aider dans sa quête. Brigitte a toujours eu la langue bien pendue.

« Je n'ai même pas eu le temps de lui demander si elle avait connu une certaine Emmy… Oh, et puis de quoi je me mêle ? J'ai dit que je ne participerai pas ».

Claudie secoue la tête en même temps qu'elle jette les dernières brassées de mûrier dans les flammes.

Dans la nuit noire, deux petites billes luisantes s'illuminent. Bien à l'abri dans la vieille grange en ruine près du cimetière, une bête immense est à l'affut. Elle a vu les hommes partir plus tôt dans la journée, et le couple discuter avec Claudie. Maintenant il fait vraiment sombre et peu à peu, les lumières de la maison se sont éteintes.

L'animal au pelage ras quitte sa cachette et s'approche lentement des lieux. Seul sur la route, il semble fixer la maison tel un sphinx. Son poil noir et humide brille sous la lumière du seul lampadaire alentour et l'ombre qu'il projette sur le bitume s'allonge démesurément. Même les chouettes qui chassent habituellement dans le coin se tiennent loin ce soir, repoussées par les mauvaises ondes que la bête dégage.

Depuis quelques jours, l'animal traîne dans les parages et observe les mouvements près de la maison. Mais pour l'instant il reste caché aux yeux des occupants, même si certains semblent avoir détecté sa présence.

La bête est rarement la bienvenue.

Il lui faudra pourtant se montrer, en temps voulu.

5- Le journal de Théa -1969

Il y a bien longtemps que je n'ai plus fait de cure, comme le faisait maman. L'air de Joyeuse est apaisant. Babel avait peut-être raison. Les voix sont moins présentes ici.

Les jours de marché je me promène, parfois je vais à la bibliothèque ou bien je prends mes pinceaux et m'installe dans un petit coin tranquille. Babel m'a même inscrite dans un cours de peinture. C'est comme cela que j'ai rencontré Lucie, l'institutrice qui aime la photographie, et M. Richard, qui peint à l'huile des horreurs sans nom, mais m'accompagne à des expositions. Babel aime bien Lucie car elle est discrète et elle fait confiance à M. Richard car il préfère les hommes. Pauvre Babel, si elle savait ! Dans tous les cas, je m'amuse beaucoup avec eux. Mais rien de comparable avec mes séjours à Cunnes, organisés par le club « des artistes incompris » comme ils aiment se nommer. Chaque année nous partons y peindre, avec M. Richard, les merveilleux paysages de la mer et ces villages si colorés. Lucie ne peut nous accompagner car c'est trop cher pour son maigre salaire. Au début Babel ne voulait pas me laisser y partir. Mais j'ai piqué tant de crises qu'elle a cru devenir folle à ma place. Alors j'ai eu ce que je voulais. Et même Babel dit que je vais mieux depuis que j'y participe ! Mais elle ne sait pas pourquoi. Si elle savait, elle s'arracherait le peu de cheveux qu'il lui reste sur le crâne.

Loin d'elle, je me libère enfin, dans la luxure, préservée de toute retenue, devenue stérile grâce aux bons soins de ma sœur. Voulait-elle que je lui ressemble, elle qui, naturellement, ne pourra jamais enfanter ?
Était-ce ma faute si, déjà toute jeune, je plaisais aux garçons ? Ma première expérience, encore adolescente, était le fils du fermier de nos terres. Un beau garçon blond comme les blés, un peu brutal et maladroit, mais si savant. Il

a été sévèrement puni et envoyé au loin. Je ne l'ai plus jamais revu.

Bien vite, une petite graine a germé de ce premier amour. La vieille Hortense a voulu m'étrangler de rage. Elle me traitait de putain, hermétique à la notion de plaisir. Avec Babel, ces deux pudibondes se sont unies pour crever la graine. J'ai eu bien mal, je suis restée longtemps alitée, si faible, mais les voix me soutenaient ; elles répétaient sans cesse que je sortirais plus forte de cette expérience.

« Tu seras libérée des contraintes, tu seras unique ».

Quel dommage que Babel ne puisse entendre mes voix.

V

Un mercredi matin de février 2015.

Claudie s'est levée en grognant car ses courbatures sont décuplées. Après son petit-déjeuner, elle s'étire un peu sur le tapis du salon et fonce sous la douche. John n'est pas revenu, la veille au soir, mais elle est fière d'elle : elle a enfin terminé la corvée, laissant le feu mourir doucement pendant la nuit. Ce matin, par la fenêtre, elle constate que malgré la rosée, de petites fumeroles s'échappent encore du brasier. Elle ne s'inquiète pas, à la radio ils ont annoncé de la pluie pour la fin de journée.

Elle s'habille chaudement et sort le caddie à roulettes du placard : ce matin elle ira au marché, une corvée nécessaire pour remplir son frigo pitoyable. Rien à voir avec la foire de quatre cents forains qui a lieu tous les mercredis en été, mais l'essentiel est là : fruits et légumes, boucher et épices, poissonnier, mercerie et vêtements.

« Tiens ça fait longtemps que je n'ai pas pris de poisson » se dit-elle enjouée.

Tirant derrière elle le petit chariot à roulettes, elle remonte la rue vers le centre du village. Partout, ça sent le bois brûlé. Les cheminées des maisons le long de sa route sont en action, et dans cette journée grise, les lumières sont encore allumées aux fenêtres. Claudie passe devant chez Lucie mais ne s'arrête pas ; plus loin, il y a la maison des Pichon, mais elle continue encore et remonte vers le château. Place de la Bourgade, elle prend sur la droite et redescend vers la Grand Font, là où se tient le marché.

Il n'y a pas grand monde et Claudie n'aperçoit personne de sa connaissance, mais peu importe. Elle choisit quelques endives, des navets et de belles blettes à la verdure brillante, avant d'ajouter quelques pommes et des clémentines. Elle n'a aucune idée pour son repas à venir, mais se place dans la file d'attente devant l'étal du poissonnier. Les deux femmes devant elle discutent des sœurs Baswell, sans baisser la voix.

-Elle était folle mais riche ! lance la première.

-Oui, plus jeune ! Moi je pense qu'aujourd'hui il ne reste plus rien, répond la seconde.

-Mais quand même, on n'a jamais compris ce qu'elles venaient faire ici ? Moi si j'étais riche, j'irais plutôt en bord de mer, au soleil, tu ne crois pas ?

-Peut-être qu'elles se cachaient ?

-De quoi mon Dieu ?

-J'en sais rien moi ! Elles avaient peut-être trafiqué pendant la guerre ?

-Oh là là ! Quelle imagination ! En même temps, tout le monde trafiquait un peu pendant la guerre, hein ? Moi j'ai hâte qu'ils ouvrent le testament. Il parait que ça va se faire avec la Lucie !

« Première nouvelle » se dit Claudie, les sens en éveil.

Mais les deux femmes se taisent, c'est à leur tour de choisir leur poisson. Claudie les regarde s'éloigner et se décide pour un morceau de lotte qu'elle pourra faire mijoter dans une belle sauce au curry. Elle se lèche les babines d'avance et poursuit entre les étals, en flânant : de la vaisselle en terre cuite aux couleurs flamboyantes, des rangées d'oignons et d'aulx, plus loin, les petits sacs de jute emplis d'épices aux parfums puissants, de belles miches de pain à la croûte brune, une multitude de CD et de vinyles, puis voici le bouquiniste de Joyeuse et la toute petite mercerie ambulante. Claudie se remplit de tout ce qui s'offre à ses yeux. Elle se laisse envahir par les sons et les odeurs, emportée par ses sens comme le décrivait si bien Emile Zola dans *Au bonheur des dames*.

« Il avait tout compris celui-là »

A la différence de l'été, où les allées sont envahies de touristes, Claudie peut aujourd'hui prendre son temps et avancer sans risquer de marcher sur les pieds de quelqu'un. Elle n'a besoin de rien mais une idée germe en elle : là-bas, il y a un coutelier à l'ancienne qui fait lui-même tous ses outils. Elle regarde longuement chacun des beaux couteaux avec manche en bois d'olivier sculpté et se décide pour un modèle présentant un bel arbre gravé.

« Je suis certaine que John aimera » pense-t-elle en souriant, rangeant délicatement son achat dans son caddie.

Soudain, quelqu'un lui touche légèrement le bras. Claudie se retourne et se retrouve nez à nez avec une grande femme, belle, la cinquantaine, au visage doux et doré, entouré de longs cheveux poivre et sel, retenus en une espèce de chignon lâche. Quelqu'un qu'elle ne connaît pas mais qui lui sourit avec douceur, de ses grands yeux verts.

-Bonjour, excusez-moi de vous embêter, vous êtes Claudie ?

-Oui, pourquoi ?

-Il faudrait que je vous parle.

-A quel propos ?

-Je connais Lucie Chauvet… C'est elle qui m'a dit de vous contacter. Je voulais vous appeler, mais vous êtes là et moi aussi…

Claudie hésite mais la curiosité est plus forte, elle se laisse tenter. Elle propose d'aller s'asseoir dans le bar juste à côté. Certains courageux sont en terrasse mais les deux femmes préfèrent aller à l'intérieur ; il est encore tôt, il n'y a pas foule. Elles commandent une boisson chaude et restent silencieuses, touillant leur breuvage. Finalement, l'inconnue se lance :

-Je ne me suis pas présentée : je suis Violaine Dumas. C'est un peu délicat, mais j'ai appris que vous recherchiez la jeune femme qui a vécu chez les Baswell.

-Oui, enfin non. Ce n'est pas moi qui la recherche. Ecoutez, vous devriez vous adresser plutôt à Justin Petithomme. C'est lui le spécialiste des recherches.

-Je l'ai déjà rencontré, hier soir. Mais il pense qu'il faut que ce soit vous.

Claudie fulmine en silence. Justin ne lâche pas l'affaire, il insiste, malgré elle.

La femme sourit et reprend :

-Je suis désolée, ce n'est pas très cohérent que je vous aborde ainsi, mais… Voilà, j'habite la maison voisine de celle des sœurs Baswell, et ce depuis très longtemps. J'étais petite quand elles ont accueilli la jeune Emmy et je l'ai connue, mais je n'en garde que peu de souvenirs, des souvenirs d'enfant. J'étais trop petite, vous comprenez… Je devais avoir dans les dix ans à peine. En revanche j'ai un frère plus âgé et comment dire… Il s'appelle Joël. Je crois, non je suis certaine, qu'il était amoureux de cette fille : ils se retrouvaient souvent, le long de la clôture qui sépare nos deux jardins. Il faut que je vous précise que mon frère est spécial, une forme d'autisme. Aujourd'hui je veille sur lui. Nous habitons toujours la même maison.

Claudie n'ose rien dire, elle ne comprend toujours pas où l'autre veut en venir.

-Lucie m'a contactée pour me dire que cette jeune fille était recherchée. Si quelqu'un peut nous aider, c'est mon frère ; avec elle, il avait de longues discussions chuchotées dont il ne nous racontait rien. Et il possède une excellente mémoire. Avec de la patience, on pourrait essayer de le faire parler.

Mais il y a beaucoup de choses qui terrorisent mon frère. Comme certains hommes. Il hurle ou alors il se renferme comme une huître. C'est sa maladie, vous comprenez ?

-C'est fâcheux. Mais je ne vois pas bien pourquoi vous avez besoin de moi. Pourquoi vous, vous ne lui posez pas ces questions ?

-J'ai essayé, mais il refuse de me parler.

-Et pourquoi pas Lucie ?

-Elle est déjà venue à la maison avec Justin ; Joël ne réagit pas. Il ne leur dira rien.

-Mais pourquoi voulez-vous qu'il me parle à moi, une étrangère ?

Violaine ne répond pas et baisse les yeux sur sa tasse. Claudie continue, éberluée :

-Personnellement, je ne suis pas médecin, mais il doit y avoir des solutions… Vous avez déjà fait appel à des spécialistes ? Et puis, non, pourquoi vous voulez qu'il parle ? Pourquoi ne pas le laisser tranquille ?

-Parce qu'il attend Emmy depuis trente-cinq ans.

-Je ne comprends pas. Comment le savez-vous ? Il communique avec vous, oui ou non ?

La femme soupire et prend une grande inspiration pour continuer :

-C'est compliqué. Emmy a quitté la maison de nos voisines en 1980 ; depuis ce jour, mon frère passe ses après-midis, qu'il vente ou qu'il neige, devant la clôture, comme lorsqu'à vingt ans, il la retrouvait. Et comme il ne la voit pas, il rentre à la nuit et s'enferme dans sa chambre. Comprenez-moi, cela fait trente-cinq ans qu'il souffre tous les jours. Bien sûr, mes parents puis moi ces dernières années, nous avons fait appel aux médecins et aux spécialistes. Ils ont essayé les médicaments, le dialogue, les dessins, la musique ; nous l'avons même fait interner quelques semaines dans un centre spécialisé. Ce fut pis que tout, il a refusé de s'alimenter, il a failli mourir. Il n'est heureux qu'ici, dans sa maison d'enfance. Enfin heureux… Il vit normalement. C'est très éprouvant. Il refuse l'idée qu'elle soit définitivement disparue. Il l'appelle à la clôture puis il s'en retourne, dépité. Et ça, tous les jours. Je lui ai annoncé la mort de Théa et il semble retrouver dans cette nouvelle un regain d'énergie : il reste des heures à la clôture. La seule chose qu'il m'a dite c'est qu'elle allait revenir, maintenant que les deux sorcières étaient mortes.

Claudie enregistre l'information mais reste sceptique.

-Mais que pourrais-je lui dire, moi, qui change quelque chose ? Si d'autres femmes ont essayé, je ne vois pas pourquoi avec moi, tout à coup, cela fonctionnerait…

 L'autre en face lui sourit :

-Je sais bien mais Justin est persuadé que votre rencontre va tout changer pour Joël.

-Quoi ? Donc c'est Justin qui vous envoie ?!

-Oui, et Lucie. Et il a dit que vous seriez difficile à convaincre.

-Tu m'étonnes ! lâche Claudie à haute voix.

A la table voisine, les clients se retournent et les fixent soudainement. Claudie baisse d'un ton :

-Toute cette histoire n'a ni queue ni tête. Je pense que vous devriez faire appel à une thérapeute, si votre frère est malade, elle saura bien mieux que moi comment procéder. Ce n'est pas raisonnable autrement.

Brusquement, Claudie se lève et quitte le café, cette conversation lui semble parfaitement irréelle.

« Mais ma parole, les gens ici sont tous fous ! Mais qu'on me foute la paix ! »

Elle s'éloigne rapidement sans se retourner.

John est angoissé. Il se méfie de lui-même, il voit bien la crise arriver : cette journée va être compliquée. Depuis hier, il la sent enfler en lui. Cela fait longtemps qu'il n'a pas eu ce type de crise, avec ces migraines atroces.

Tout se mélange dans sa tête, sa peau le démange comme si mille petits aiguillons le piquetaient de partout, il cligne des yeux car sa vision se trouble et le mal de crâne s'installe sournoisement.

Il s'essuie le front dégoulinant de sueur et se redresse lentement sur son matelas. Il va être bientôt midi, il a déjà une faim de loup. Mais il est trop faible pour se lever et préparer quelque chose. Il pourrait appeler les secours, mais dans son cas, les secours ne servent à rien. Il a l'habitude. Il lui faut juste s'isoler et attendre que la crise passe.

Un bruissement dans son dos le met subitement en alerte et il se retourne vivement, malgré sa vue brouillée par la migraine intense : à quelques mètres de lui, dans la pièce, se tient une immense bête noire. Comment est-elle entrée ? Aurait-il laissé la porte ouverte malgré le froid ?

La vision de John se fait plus nette et soudain il reconnaît le chien, énorme, assis et immobile qui le fixe, gueule ouverte. La bête ne grogne pas, elle semble attendre qu'il lui fasse un signe.

John expire bruyamment, il a eu peur, mais il est soulagé maintenant. Il connaît ce chien.

Il se détend soudain sur sa paillasse et s'endort, confiant.

6- Le journal de Théa -1976

Cette semaine a été merveilleuse de rencontres, de fêtes, de beaux paysages et de créativité ! M. Richard et les autres ont été aux petits soins avec moi ; je n'ai pas trouvé de prince charmant, mais nous avons découvert de merveilleux restaurants, et l'hôtel était un vrai palace ! J'aime tant la Croisette.

Quelle différence avec notre petit village rabougri aux pierres grises.

En rentrant, j'ai eu les larmes aux yeux de peine, devant notre minuscule maison vieillotte. Babel m'attendait à la porte, égale à elle-même, sèche et muette, à la limite de la politesse avec mes amis. Elle a attrapé ma valise et m'a jetée dans la maison, refermant brutalement la porte d'entrée sur nous et congédiant ainsi les autres, sans ménagement. J'aurais pu la gifler !

Mais je n'en ai pas eu le temps.

En me retournant, j'ai vu immédiatement ce qui n'allait pas

et qui expliquait l'attitude étrange de ma sœur : une étrangère était installée dans le fauteuil du salon ! Une petite chose maigrichonne et apeurée de me voir.

Alors ma sœur m'a présenté « notre » chère nièce, Emmy. Les voix ont hurlé dans ma cervelle, toutes ensemble.

Dans la cacophonie, je me suis évanouie.

Je me suis réveillée dans mon lit et à mon chevet, Babel me souriait. En chuchotant elle m'a conté qu'elle revenait, un soir, en voiture avec Clodomir. Vétérinaire solitaire, parfois, il lui demande de l'accompagner pour les vêlages compliqués. Ma sœur est forte comme un taureau. Il pleuvait dru quand soudain, ils sont tombés sur cette fille qui errait sur le bord de la route. Couverte de sang, la petite semblait terrifiée et affamée.

Depuis quelques jours ma sœur la dorlote et la nourrit.

Je n'ai pas reconnu ma sœur. Ses yeux de truie brillaient de plaisir. Je me suis cachée sous les draps. Elle a dû me refaire une piqûre pour calmer à nouveau les voix.

Les jours passent et j'observe le duo. Babel organise la maison d'une main de maître. La petite chose n'ose pas bouger, mal à l'aise sous mon regard d'aigle soupçonneux, mais elle mange et boit à notre table ou se plie aux ordres. Clodomir, ce vieux serpent, est passé plusieurs fois à la nuit, vérifier notre petite installation. Ma sœur l'a fichu dehors. Elle ne le craint pas. Et moi non plus.

Que nous veut cette fille ? D'où sort-elle ? Pourquoi Babel veut-elle la soigner contre mon avis ? Que cherche Clodomir en venant, ici, fouiner ?

Les voix me mettent en garde : « ils complotent dans ton dos. »

VI

Un mercredi après-midi de février 2015.

Revenue du marché d'un pas énergique, Claudie prépare son repas la tête envahie de pensées contradictoires. Elle fulmine en silence. S'installant à table, elle avale son repas sans s'en rendre compte. Les manigances de ses amis la blessent profondément. Elle ne comprend pas pourquoi ils souhaitent tous qu'elle s'implique dans cette histoire qui ne la concerne pas. Elle se sent trahie par Lucie, complice de Justin pour lui avoir envoyé cette femme, Violaine, qu'elle n'a jamais vue et dont elle n'a pas compris un mot. Elle pense aussi à ce frère malade, Joël, qui attend depuis trente-cinq ans sa dulcinée.

« C'est presque mon âge, soit toute une vie d'attente… »

La photo que Justin a amenée la veille est toujours là, sur la table, sous ses yeux et elle la regarde avec un œil neuf. La jeune fille est blonde avec un visage fin et des yeux clairs, manifestement. Claudie relève la tête et croise son reflet dans le miroir : petite brunette au visage rond et aux yeux bruns. Lui reviennent à l'esprit les paroles étranges de Justin qui sous-entendait qu'elle serait obligée de participer. Mais pourquoi ? Se pourrait-il que cette Emmy soit une cousine lointaine ? Ses parents n'étaient pas très bavards, mais elle a des souvenirs d'enfance de ses grands-parents ardéchois, et personne ne lui a jamais parlé d'une certaine Emmy, ou alors elle ne s'en souvient pas. Claudie est perplexe.

Et que penser de la suggestion de Violaine de rencontrer son frère ? L'idée n'enchante guère Claudie.

« Cette femme est louche…elle me saute dessus, pour forcer son frère à révéler ce qu'il ne veut pas… Non, décidément, cette femme est étrange »

Comme si le bien-être de son frère lui était peut-être moins important que les secrets qu'il pourrait dévoiler.

« C'est malsain comme attitude, ça. »

Claudie secoue la tête et décide pour un temps de calmer ses pensées et de se concentrer sur sa vraie mission : son fameux bouquin. Cela lui permettra au moins d'oublier quelques heures ce qui se passe autour d'elle. Elle s'installe devant la grande fenêtre, à la table de la salle à manger avec son ordinateur. Depuis sa chaise, elle a vue directement sur la terrasse et une partie du jardin, avec au loin la colline des Grads. Le vent léger qui s'est levé a balayé la brume mais amené de gros nuages gris. Le long du cimetière, les cyprès se balancent langoureusement les uns contre les autres. Dans peu de temps il pleuvra.

Pour démarrer son ouvrage, Claudie a décidé de relater brièvement l'affaire qu'elle a vécue l'été dernier. Bien entendu, elle doit faire attention à ne citer aucun nom connu et éviter que les protagonistes ne soient facilement reconnus. Elle écrit patiemment ses souvenirs mais butte régulièrement sur les mots, choisissant avec soin chacun d'eux.

« Je ne dois blesser personne » se dit-elle.

Il y a quelques jours, elle a contacté Eddy Morino, le mari d'une des disparues, mais celui-ci a refusé de retourner le passé, il semble encore trop touché par l'histoire. Claudie comprend bien pourquoi. Elle frissonne. Décidément, ses souvenirs la rongent. Ses yeux tombent sur quelques photos que l'association lui a fait parvenir et elle ne peut s'empêcher d'avoir le cœur qui se serre en regardant ces petits visages aux grands yeux noirs effrayés. Savoir qu'un gouvernement, la France en plus, pays des droits de l'homme, a pu imaginer une telle aberration, la laisse perplexe. C'est inconcevable. Proprement énervée, la jeune femme tapote furieusement sur le clavier de son ordinateur, jetant à peine un œil à ses notes qu'elle connaît par cœur. Au bout d'un long moment elle décide de relire son travail et ne peut que constater que tout est à refaire.

-C'est mauvais ! Mauvais ! s'écrie-t-elle furieuse.

En rage, elle se lève et monte à la cuisine grignoter une mandarine. Elle a beau essayer, elle ne peut empêcher les évènements récents de tourner dans sa tête.

-Justin, je te déteste…soupire-t-elle, persuadée qu'elle va errer chez elle toute l'après-midi, la tête en friche.

Dans ces cas-là, elle ne connaît qu'une solution : sortir prendre l'air, et qu'importe la pluie !

Claudie enfile son bonnet et sa doudoune puis referme la maison derrière elle. Hésitante sur la route, ses yeux accrochent la grande porte rouge du cimetière et elle se décide soudain. D'un pas martial, elle pénètre dans les lieux. Sous la lumière grise de l'hiver, tout paraît lugubre, mangé par la mousse ; pas d'arbres dans l'enceinte, aucune végétation, aucun oiseau en vol ; le temps semble figé. Les tombes s'alignent en rangées multiples, les plus anciennes à sa gauche, vers le bas du terrain, rectangle délimité de hauts murs. C'est de ce côté que la jeune femme se dirige, ne sachant pas encore ce qu'elle cherche, ni si elle cherche vraiment quelque chose.

Elle part de l'extrémité Est et remonte les allées lentement en se concentrant sur les noms ; certains patronymes reviennent régulièrement, des familles anciennes du pays, et les prénoms associés la font glousser : Hyppolite, Gervaise, Léontine, Céleste…Une somme de prénoms inusités depuis longtemps, comme jetés aux oubliettes. Il y a même le nom de Païolive au-dessus d'un grand caveau grisâtre, comme une référence au bois des environs. Elle ne savait pas que c'était aussi un nom de famille. En chemin elle bute sur la tombe de

Clodomir Chambon, le vétérinaire décédé l'été dernier. La jeune femme se retient de pester devant le mausolée surmonté de grands cygnes en marbre sale ; l'ensemble n'est pas entretenu, faute de visiteurs.

« Ce vieux pourri vivait seul et il est mort ainsi, par sa faute »

Elle pense quand même que l'histoire est profondément triste : l'Homme n'est pas fait pour vivre seul.

Vers le milieu du cimetière, elle avise une tombe majestueuse de marbre noir couverte de couronnes et de compositions florales d'un blanc immaculé ; tout l'inverse de celle qu'elle vient de quitter. Elle devine instantanément qu'il s'agit de celle des sœurs Baswell, et s'approche plus lentement. Les prénoms Isabel et Théodora apparaissent en lettres dorées et épaisses avec les dates en-dessous : 1930 – 1992 et 1930 – 2015.

« Tiens, elles étaient jumelles ? » se dit Claudie.

Dommage qu'il n'y ait aucune photo comme sur d'autres tombes, elle aimerait bien pouvoir mettre un visage sur les deux Anglaises si décriées. Lucie en proposera certainement dans peu de temps.

Claudie remonte encore les allées et arrive sur le haut du cimetière, la zone la moins exposée aux inondations, là où se trouve la tombe de sa famille : ses grands-parents paternels, famille Vielleux, et juste à côté, Alice Gourdon, la sœur de sa grand-mère. Elle a une pensée pour celle qu'elle appelait sa grand-tante, et dont les restes ont été incinérés.

Pour ses parents aussi, Anna et Gérard Vielleux, enterrés loin d'ici, à Montpellier après leur mort tragique dans un accident de la route. Bien qu'originaire de Joyeuse, son père n'avait jamais aimé y retourner et surtout pas pour sa mort ; enfin, c'est ce que la jeune Claudie avait pensé, seule à décider pour eux, à un âge, dix-neuf ans, où elle n'aurait pas dû se soucier de ce genre de chose. La jeune femme soupire et s'en retourne, le bonnet trempé par la petite pluie qui tombe maintenant. Elle n'était rien venue chercher de précis en ces lieux, mais elle y a trouvé la paix, comme si les morts autour d'elle avaient le pouvoir d'absorber son trop plein de pensées. Une idée qui plairait sans conteste à Justin.

Claudie sourit et s'en retourne chez elle.

John passe la porte tandis que Claudie rallume le feu de cheminée. La petite pluie s'installe pour la soirée et avec elle, la nuit semble venue encore plus vite. La jeune femme frissonne. L'homme prend délicatement sa place et fait jaillir adroitement les premières flammes.

-*J'étais malade, mal à la tête,* s'excuse-t-il.

-Pas de soucis. Tiens j'ai quelque chose pour toi…

Elle se lève pour aller farfouiller dans le buffet et en sort un petit paquet qu'elle tend à John. Celui-ci la regarde avec de grands yeux puis ouvre délicatement le papier cadeau. A la vue du petit couteau, joliment ouvragé, il laisse deviner une grande joie sur son visage.

-Claudie, c'est très beau. Mais c'est beaucoup, pourquoi ?

-Pour te remercier de m'aider dans le jardin.

-Tu pas obligée. Moi j'aime dehors le travail. J'aime très beaucoup être là, avec toi.

Claudie se fige soudain, elle ne sait pas bien comment interpréter les paroles de John. Elle ne voudrait surtout pas qu'il se fasse de fausses idées. Elle l'observe tandis qu'il détaille avec joie son nouveau couteau, et se fait la réflexion qu'il est plein de grâce pour un garçon, qu'il est calme et discret, qu'il ferait un compagnon paisible chaque jour. Mais elle sait ne rien ressentir de particulier pour lui, au fond.

« Manquerait plus qu'il tombe amoureux de moi, celui-là ! ».

-Tu as vu ? J'ai fini dans le pré, reprend-elle vite pour calmer les battements de son cœur de midinette.

-Oui, c'est bien. Moi je dois faire le vigne demain.

-Et tu devrais contacter Hervé, il avait l'air de vouloir venir t'aider.

Au moment où ils s'installent près du feu, le portillon du jardin grince. Le poulpe fait son entrée, les cheveux dégoulinants de pluie.

-Il ne manquait que toi, lâche Claudie, blottie dans son fauteuil.

Justin éclate de rire en ôtant sa veste.

-Je l'ai senti, répond-il.

John, toujours accroupi devant le foyer, rajoute une grosse bûche et lâche sa bombe :

-Le chien est là.

Claudie pense ne pas avoir bien entendu « qu'est-ce qu'il marmonne ? » mais Justin a très bien compris :

-Mais c'est parfait ! s'exclame-t-il en jetant ses grands bras au plafond. Les planètes s'alignent enfin !

-Non mais de quoi tu parles ? demande Claudie.

-Mais de Cerbère ! lui répond Justin.

Claudie n'en revient pas. Elle avait complètement oublié ce chien ! Pourtant, il lui avait collé aux basques l'été dernier. Un drôle de bestiau, énorme et placide, qui traîne dans le village par intermittence et auquel Justin attribue tout un fatras de légendes, allant de l'apparition divine au chien des enfers. C'est d'ailleurs pour cette raison qu'ils l'avaient baptisé Cerbère. Elle se lève et scrute le jardin par la fenêtre :

-Mais il est où cet animal ?

Personne ne lui répond, les deux autres sont plongés dans leurs pensées. Elle a hâte de voir le chien, mais sait qu'il vogue librement, qu'il ne réagit pas comme les chiens domestiqués, il a encore des côtés sauvages. Il doit faire le tour du propriétaire et renifler partout. Quand ce sera l'heure de la soupe, il pointera le bout de sa truffe. La jeune femme secoue les épaules et décide de passer aux choses sérieuses. Elle se plante devant Justin, les mains sur les hanches et lui lance :

-Une femme m'a accostée au marché ce matin. Tu vois de qui je parle, Justin ?

-Parfaitement.

-Ben ta Violaine, elle m'a servi une histoire abracadabrante à propos de son frère.

John lève brusquement la tête et observe Claudie en plissant les yeux. Le poulpe ne bronche pas, il médite, les yeux clos, les mains jointes sur ses lèvres.

-Donc j'attends que tu m'expliques, pourquoi tu m'envoies cette bonne femme qui semble un tantinet dérangée ! lance la jeune femme, les bras croisés, en foudroyant du regard le grand maigre.

Justin ouvre les yeux et répond :

-Cela ne vient pas de moi mais de Lucie. Et quand Lucie parle, tu sais bien que j'en tiens compte.

-Oh je t'en prie ! Lucie a presque cent ans !

Le silence se fait dans le salon.

« Décidément, nos échanges ne sont qu'orages en ce moment » se dit la jeune femme. « Mais qu'est-ce qu'il m'énerve ! »

Justin où les mille manières de pousser les gens à bout.

Alors elle continue :

-Brigitte Pichon est passée hier. Et elle avait plein de choses à dire.

-Et quoi donc ? demande la méduse, sans lever le nez.

-Une histoire de téléphone avec la maman, je n'ai pas tout compris, et le papa qui avait emmené l'une des sœurs à Rochebesse, un village maudit.

-Il n'est pas maudit. Très isolé et entaché d'une mauvaise affaire mais pas maudit. Et la maman était ce qu'on appelait avant, une demoiselle du téléphone, tu sais, ces femmes qui orientaient manuellement les correspondants téléphoniques. Et du même coup, elles entendaient toutes les conversations… Ce genre de ligne téléphonique était encore en place dans nos campagnes jusqu'en 1978. C'est très intéressant tout ça… Elle t'a dit quand avait eu lieu ce voyage à Rochebesse ?

-Peu avant que les lieux ne deviennent célèbres, si je me souviens bien. Qu'est-ce qu'il a, ce village, de si particulier ?

-Oh c'est une histoire croustillante : dans les années soixante-dix, une communauté de hippies est venue s'y installer, comme un retour à la terre et élever des chèvres, mais très vite cela a mal tourné, ils travaillaient des terres qui ne leur appartenaient pas, ils trafiquaient, ils volaient. Trois d'entre eux ont fait un casse dans une banque de Lozère mais coursés par les gendarmes, l'histoire a mal fini : il y a eu trois morts, un jeune gendarme d'ici et deux hommes croisés sur la route. On a appelé le trio « les tueurs fous de l'Ardèche ». Deux d'entre eux ont fini en prison mais leur chef, Pierre Conty, n'a jamais été retrouvé. C'était le plus dangereux des trois. Certains pensent qu'il s'est réfugié en Italie.

-On se demande ce qu'allait y fiche l'Anglaise…

-Ça fait un peu loin pour acheter du fromage de chèvre.

Chacun se tait à nouveau, bercé par le crépitement du feu dans la cheminée. Soudain, Claudie a une question :

-Tu savais que les Anglaises étaient jumelles ?

Justin a posé ses mains sur le canapé et fixe un point au loin sans le voir. Claudie visualise presque les méninges du jeune homme en mouvement sous ses cheveux filasse. Elle sourit en silence, tandis que John continue de rêver, totalement indifférent aux évènements. Et les minutes passent sans que le poulpe ne bouge d'un iota. Sur le visage de la jeune femme, la moquerie fait place aux interrogations, elle hausse un sourcil « non mais il est paralysé ou quoi ? ».

-Oh, Justin, ça va ?

Le regard voilé, il ne daigne même pas répondre et se lève brusquement pour sortir de la maison en claquant la porte.

« Décidément, ça devient une habitude ! »

Sans hésiter une seconde, Claudie le poursuit mais elle manque tomber à la renverse sur le pas de sa porte : le gros chien noir est là, sous ses yeux, sagement assis, la langue pendante et la gueule un peu penchée, comme pour lui dire « coucou, c'est moi ».

Claudie est ravie, comme une gosse à Noël.

Justin est déjà loin sous la pluie.

Tant pis pour lui.

Justin ne sent même pas la pluie tremper ses vêtements. Il avance comme un automate sur la route en direction du village. Il doit rentrer chez lui, vérifier quelque chose. Fonçant tête baissée, il ne croise personne, les ruelles semblent endormies dans le froid. Dans sa tête tournoient mille pensées. Claudie a dit quelque chose d'important, sans le savoir, une piste à creuser.

Puisque Cerbère est là, c'est qu'il ne fait pas fausse route, il faut creuser l'histoire des sœurs Baswell. Et il y a ce foutu cahier noir qu'il va falloir qu'il montre. John a déjà consulté les pages il y a plusieurs mois et n'a pas semblé trop chagriné, mais pour Claudie ce sera une autre affaire. Et comme elle semble à fleur de peau… Il repousse chaque jour le moment.

Deviendrait-il enfin sentimental avec les années ?

7- Le journal de Théa -1976

« Cette grosse vache de Babel est tellement sotte ! »
Depuis qu'elle a recueilli cette petite chose pâle, ma sœur ressemble à une poule dont l'œuf aurait soudain éclos ; elle couve son oisillon du regard, pleine d'attentions pour cette gamine, attentions dont moi, je ne bénéficie plus.
« Méfie-toi Théa, méfie-toi ».
L'étrangère dit qu'elle a fui une secte de hippies avec son amant après avoir raflé les économies de tout le groupe. Puis ils ont eu un accident de voiture. Le type est mort sur le coup. La petite a pris peur. Elle pleure sans cesse et Babel la console. Elles chuchotent dans la maison sans discontinuer.
Pourquoi ne pas prévenir la police ?
Ma sœur me regarde comme si j'étais une menace et m'interdit d'ouvrir la bouche. La petite est peut-être recherchée, par des hommes armés et violents, me confie-t-elle. Il faut donc se

taire. Le corps du conducteur est introuvable mais il y avait trop de sang pour qu'il ait survécu et personne n'a signalé sa présence. Les animaux des environs ont dû faire un festin de ses restes.

La fille semble désespérée, sans famille. Elle s'accroche aux jupes de ma sœur en la suppliant de la garder. Une tragédie grecque qui émeut Babel, humidifiant enfin ses yeux de truie. Ma sœur aurait donc un cœur ?

Il faut cacher la môme. Comme nous nous sommes cachées, il y a longtemps. « Babel aime les mystères » susurrent les voix.

Ma sœur, tu joues avec le feu. Je ne te reconnais pas.

Depuis, nous la présentons comme notre nièce. Il faut l'appeler Emmy, ce qui n'est pas son vrai prénom. « Mais chut, c'est un secret ! »

Lucie vient lui donner quelques cours de français, et le fils des voisins, le débile, est le seul ami autorisé. Mais combien de temps durera cette mascarade ?

Depuis, Babel me surveille, quand moi je surveille Emmy. Et Clodomir traîne alentour.

Dans tous les cas, l'étrangère ne partira pas en douce la nuit ! Ah ça non ! Impossible ! Ma sœur l'enferme à double tour dans la petite chambre quand elle va se coucher.

Les voix éclatent de rire dans ma pauvre tête. Elles sont plus fortes que jamais, elles crient en chœur : « Babel a une prisonnière ! Babel a une prisonnière ! Vilaine Babel ! Méchante Babel ! »

Je hurle pour les faire taire.

Tu es sournoise ma sœur, je ne te comprends pas…

Tu n'as pas besoin de cette enfant, tu m'as moi !

VII

Un jeudi matin de février 2015.

Sous le ciel hivernal, bleu et sans nuage, Claudie chemine sans hâte en suivant le chien. Après un petit-déjeuner en solitaire, elle a décidé de braver le froid et de prendre l'air. Ses écrits n'avancent toujours pas ; c'est la première fois qu'elle galère autant devant sa page blanche. En regardant le chien qui ne la quitte pas d'une semelle depuis la veille au soir, elle a lancé :

-Allez, Cerbère c'est toi qui décides de notre balade !

Le chien a semblé lui sourire, a humé l'air un instant puis est parti en trottinant, Claudie sur ses talons. Ainsi, ils sont passés sous la grande route par le tunnel, comme s'ils allaient aux Grads, mais au carrefour de Paveyrol, ils ont bifurqué à gauche pour rejoindre la rivière Labeaume. Sur sa droite plus loin, la jeune femme aperçoit la masse imposante de la demeure de Clodomir Chambon, et ne peut s'empêcher de frissonner. Elle se souvient du vieux durant les derniers jours de sa vie et ne s'en remet toujours pas : outre l'odeur d'urine qui lui collait à la peau, c'est l'ensemble du personnage qui la dégoûte toujours. Elle se demande comment John fait pour vivre là maintenant. Les lieux ont dû bien changer après les travaux que John a entrepris mais elle n'est toujours pas prête à aller les visiter.

« Je suis une vraie poule mouillée ».

Elle veut profiter du soleil après cette semaine grisâtre. Elle suit Cerbère qui trottine quelques mètres devant.

La route sinueuse descend en pente raide à présent et la jeune femme rejoint au bout, le petit tronçon qui longe le cours d'eau. On aperçoit la rivière qui court à travers les branchages, mais à ce niveau il n'y a aucun passage pour atteindre la rive. Cerbère renifle à droite et à gauche, hume le vent à l'arrêt, multiplie les pauses pour attendre la jeune femme. Elle n'en revient toujours pas de le voir avec elle. Il faut dire qu'elle a une peur bleue des canidés, mais celui-ci, elle ne comprend pas pourquoi, elle n'en a pas peur. Il est apparu à sa porte il y a plusieurs années, il reste avec elle quelques jours et puis il disparaît. Au départ, elle croyait qu'il appartenait à Justin, mais cette idée le faisait rire, et à bien y réfléchir, elle réalise qu'il n'approche l'animal que rarement, alors qu'elle se régale de passer les doigts dans son poil sombre et chaud. Elle a bien pensé à l'adopter mais cette idée avait rendu Justin hilare. Dans le village, personne ne veut s'en approcher trop près. Certains disent même qu'il porte malheur. « N'importe quoi ! »

Peut-être qu'un jour elle ne croisera plus ce chien singulier qui sera rattrapé par la fourrière.

En prenant sur leur gauche, ils reviennent vers Joyeuse ; ici la route est plus rectiligne, bordée d'un côté de fruitiers, de champs et de campings vides en cette saison, et de l'autre par un enchevêtrement d'arbustes, de saules, de peupliers et d'herbes folles qui s'agrippent aux rives de Labeaume. Rarement une voiture passe, peu de personnes habitent dans le coin. Claudie se penche régulièrement sur un petit canal en béton qui longe la route : large d'une vingtaine de centimètres, c'est un ingénieux système d'irrigation mis au point il y a des lustres pour récupérer l'eau de la rivière plus haut et arroser les champs, grâce à un système de vannes à ouverture manuelle. L'eau claire y court à vive allure. Quelques herbes d'eau douce ont réussi à s'ancrer à la pierre au fond et parfois Claudie y aperçoit de petits mouvements furtifs. « Seraient-ce des écrevisses ? » se demande la jeune femme. Au passage Cerbère se désaltère et elle fait comme lui. Elle se fout de savoir si l'eau est potable ou non. « En tous cas, elle est gelée ! »

Plus haut, le chien décide de descendre enfin vers la rivière. La jeune femme le suit en souriant. A ce niveau, les hommes ont coulé en béton de petites passerelles reliant les gros rochers qui traversent le cours d'eau, comme un sentier sinueux, permettant d'atteindre l'autre rive les pieds au sec. La zone porte le nom des « Sauts de rosières ». Sous la force du courant en hiver, les rochers peu à peu se sont polis, lissant leurs contours pour devenir comme d'énormes galets oblongs, invitant, en été, les touristes à s'y allonger pour bronzer.

« Comme des coques de bateaux en pierre, retournés et abandonnés » murmure la jeune femme. Claudie stoppe sur celui du milieu et s'émerveille quelques minutes de la force du courant qui se fracasse à ses pieds. Elle cherche des yeux le chien. Il est là, assis sur l'autre rive à l'attendre.

Elle reprend sa balade et monte les escaliers d'acier pour atteindre la rive côté Rosières, le village voisin. En quelques enjambées les voilà au niveau de la grande route puis de l'autre côté du pont qui sépare Joyeuse et Rosières.

Remontant toujours le cours de la rivière, Claudie et Cerbère s'enfoncent parfois dans les taillis au plus près de l'eau. En cette saison ce cheminement est rendu difficile par le niveau du courant et la boue déposée sur les rives. Ils pérégrinent sans un mot à la queue leu leu, le chien en tête et la jeune femme à la traîne. Claudie s'inquiète de voir ses chaussures de marche disparaître dans la vase. Elle soupire, elle sera bonne pour les laver en rentrant.

Ils atteignent la Passerelle, où l'homme a coulé un immense pont rectiligne de béton et d'acier, pour relier les deux rives ; en ce mois de février, l'eau gronde et le courant est vif. On n'aperçoit même plus le fond tellement l'eau bouillonne en s'écrasant sur les piliers de béton ou sur les rochers qui affleurent par endroits. En été, le niveau baisse tellement ici, que les baigneurs peuvent se caler entre deux rochers pour s'allonger sur le lit de la rivière, se faisant masser le dos par le courant dans une eau bien plus calme et pourtant fraîche. Claudie admire le village de Joyeuse qui se dresse sur la rive et monte à flanc de colline, les maisons de pierres encastrées les unes aux autres jusqu'au clocher de l'église tout au sommet. Isolée par le bruit fracassant des flots, la jeune femme n'entend plus aucun autre son, comme hypnotisée, assourdie, plantée en plein milieu de la passerelle, les yeux fixés sur les flots qui, furieux, viennent se fracasser sur les piliers ; ce mouvement rapide et violent qui passe sous ses pieds lui donne le tournis, elle sent qu'elle va tomber, son sens de l'équilibre bouleversé par cet effet d'optique, les oreilles emplies du grondement de l'eau.

L'aboiement furieux de Cerbère la retient in extremis. Claudie ferme un instant les yeux pour se soustraire à l'hypnotique mouvement des flots et retrouver son équilibre. Le chien semble l'inviter à grimper la ruelle qui pénètre dans le village. Claudie se secoue et le suit.

Le chemin goudronné monte dru sur quelques mètres, encadré de hauts murs de pierres rondes : les gros galets de la rivière étaient souvent utilisés par les constructeurs jadis, pour monter les murs d'enceintes ou des maisons proches, donnant un aspect arrondi aux constructions, une image douce sous les regards et sous la paume. Elle lève les yeux et sourit : sans hésitation elle a reconnu la longue silhouette dégingandée devant elle, qui semble l'attendre. Comment a-t-il deviné ?

Justin est plein de fulgurances.

Elle le rejoint en remarquant sur sa gauche une petite vigne envahie d'herbes folles et sur sa droite, un enchevêtrement de ronces et de lianes sur le grillage rouillé d'un muret. Justin l'attend devant le portail de bois à la peinture bleue écaillée. Sans mot, il observe la maisonnette aux volets fermés, qui se laisse deviner derrière la bignone, totalement livrée à elle-même, envahissante et cachant ainsi l'essentiel aux yeux curieux des passants. Derrière les lianes et les ronces, Claudie aperçoit une porte d'entrée et quelques fenêtres en façade avec un petit étage. Ça sent l'humus et la vase, le bas des murs est rongé par la mousse. Le petit jardin devant la maison n'est qu'un amas de ronces, mais au printemps ici et là, quelques fleurs doivent apparaître en touches colorées, restes de parterres jadis entretenus.

-C'est mignon, dit Claudie en riant. Tu veux acheter ?

Toujours sérieux et sans lui répondre, le grand échalas lève le nez et se tourne vers la maison voisine, une construction bien plus récente, moins charmante et plus cossue, au jardin impeccable. La pelouse est tondue au cordeau et les arbres nus de leurs feuilles, taillés harmonieusement. Le rez-de-chaussée n'est qu'un immense garage mais à l'étage, les rideaux ont bougé à l'une des fenêtres.

-Viens, dit le poulpe, on nous attend.

Claudie surprise ouvre la bouche pour poser une question mais Justin a déjà tourné les talons et s'engage au grand portail blanc, qu'il ouvre sans même sonner. Claudie, de plus en plus sceptique, court presque derrière, un peu gênée de rentrer ainsi chez les gens. Cerbère a préféré fiche le camp. Devant la jeune femme, la porte d'entrée s'ouvre déjà et Violaine Dumas apparaît sur le seuil. Claudie sent la moutarde lui monter au nez : ils lui ont tendu un piège !

Elle n'a pas le temps de réagir, la femme les fait entrer. Celle-ci porte un tablier taché de peinture sur une chemise noire et un jean large. La baba cool en puissance, qui peint. Claudie est curieuse de découvrir ses œuvres.

-Vous pouvez poser vos manteaux ici, sur ce fauteuil. Mon frère est dans sa chambre mais je sais qu'il nous écoute. Nous allons discuter un peu et voir s'il descend. Ne parlez pas trop Justin, votre voix lui fera peur sinon. Et mettez-vous au fond, dans ce fauteuil, le plus loin possible de la porte. En attendant, voulez-vous boire quelque chose ?

Claudie fulmine mais Justin ne semble pas troublé par les regards assassins qu'elle lui lance : il a déjà posé sa veste et s'assoit en étendant ses longues jambes. Comme chez lui l'animal ! Claudie s'assoit du bout des fesses sur l'autre fauteuil, avec une furieuse envie de décamper. Leur hôtesse a disparu dans la cuisine, on entend les placards et les tiroirs s'agiter, puis elle revient finalement chargée d'un plateau avec tasses et café. Elle reste quelques secondes, immobile dans le salon, comme si elle cherchait sa propre place puis choisit le canapé.

-Alors où en êtes-vous de vos recherches ? demande Violaine.

-Nulle part pour l'instant, chuchote le poulpe. C'est une grosse succession : de l'argent et une maison.

-Ah cette maison… répond la femme en souriant, tournant son beau visage vers la fenêtre.

Claudie comprend soudain que la bicoque qui semble abandonnée, juste à côté, est celle des Anglaises. Elle voudrait parler mais n'ose pas. Elle observe les toiles accrochées aux murs, de l'art abstrait aux couleurs vives, comme jetées avec vigueur et écrasées au couteau. Pas sûre qu'elle apprécie. Justin ne bronche pas. Il laisse leur hôtesse continuer.

Celle-ci toussote et reprend après une gorgée de son breuvage :

-Cela fait bien longtemps que cette maison est vide. Je crois que Théodora a été internée au début des années quatre-vingts, de façon permanente cette fois. Et puis il y a eu 1992. En septembre il y a eu une crue terrible et Isabel a disparu, probablement noyée. On n'a jamais retrouvé le corps.

Violaine dodeline de la tête et boit une nouvelle gorgée.

-Tout le monde a été bien triste de ce terrible accident. Bien sûr, depuis longtemps Isabel vivait seule et s'enfermait chaque jour un peu plus comme une recluse. Elle ne recevait plus personne chez elle, ne participait plus à aucune activité dans le village.

Quelques courses et son jardin, c'était son quotidien. Elle m'a toujours fait de la peine. Pas sa sœur. Théodora me terrorisait quand j'étais petite. Elle piquait des colères terribles, elle hurlait comme une folle, et la seconde suivante elle éclatait de rire et dansait dans le jardin. Elle se disputait souvent avec sa sœur, mais heureusement, Isabel avait toujours le dessus. Mes parents ne leur parlaient pas beaucoup du reste, ni aucun autre voisin, à part mon frère. Et elles ne recevaient pas non plus. Isabel n'avait pas d'amis, seulement Théodora, enfin, je crois. Mes souvenirs sont flous, j'étais jeune. Isabel semblait solitaire, toujours à jardiner, quel que soit le temps. Théodora était plus sociable, paradoxalement, mais elle s'absentait souvent pour participer à des ateliers de peinture ou alors elle passait quelques semaines en psychiatrie. Je les épiais parce qu'elles me semblaient étranges mais je ne m'approchais jamais trop de leur clôture. Mon frère, lui, a tout de suite été happé par le jardin. Il disait à Isabel qu'elle avait le plus beau jardin du monde ; cela semblait lui faire plaisir. Puis quand Emmy est apparue, il a passé tous ses après-midis à la clôture à l'attendre. Mais il n'a jamais été invité de l'autre côté.

Justin ne lâche pas l'affaire :

-Quel souvenir avez-vous d'Emmy, vous ?

-Je pense que ce n'était pas leur nièce, plutôt une jeune fille recueillie.

-Pourquoi ? enchaîne Claudie.

-Je ne sais pas, j'étais enfant, mais…leurs rapports manquaient peut-être un peu de chaleur, de naturel. Et puis la vie n'était pas douce pour Emmy : Isabel décidait de tout, Emmy ne sortait jamais, ne voyait aucune autre jeune fille de son âge, elle portait les vêtements d'Isabel ou de Théodora, jamais d'achats à la mode, vous voyez ? Et elle ne parlait à personne hormis mon frère. Je ne sais pas, c'est une impression fugace, mais Emmy n'avait pas une jeunesse normale…

Un petit frottement dans leurs dos les fait sursauter tous les trois. Claudie se retourne et se retrouve nez à nez avec un homme grisonnant, imposant, qui la fixe de près. Elle agrippe les poignées du canapé et se tétanise sous les gros yeux ronds qui la scrutent.

-Viens t'asseoir Joël, ce sont les gens dont je t'ai parlé.

L'homme ne bouge toujours pas, le regard bloqué sur Claudie. Celle-ci se sent tout à coup mal à l'aise ; elle voudrait se transformer en souris et disparaître sous un meuble.

-Joël, arrête de fixer les gens, je te l'ai déjà dit, c'est désagréable. Viens t'asseoir. Nous discutons d'Emmy.

A ces mots, le géant semble réagir enfin et va s'asseoir lentement près de sa sœur.

-Tu te souviens d'Emmy ? demande Violaine.

Claudie et Justin retiennent leur souffle, mais le géant ne semble pas réagir. La femme se tourne vers Claudie et lui indique :

-Allez-y, vous, posez-lui vos questions. Nous verrons bien s'il réagit. C'est déjà énorme qu'il ne dise rien à Justin…

Claudie voudrait rire de la situation mais elle se retrouve prise de court, comme une idiote, ne sachant par quoi commencer. Tout lui paraît totalement irréel. Tandis que le géant continue de la fixer, elle se lance d'une petite voix :

-Bonjour Joël, je m'appelle Claudie.

L'homme semble avoir une réaction, il hausse les sourcils, alors Claudie continue :

-Nous cherchons Emmy, nous avons besoin de savoir où elle est partie, alors si…

Elle n'a pas le temps de finir sa phrase, le géant s'est levé d'un bond et se met à gémir en se tenant la tête :

-Non, non, non…tu avais promis ! Tu avais promis !

Sa sœur l'empoigne par le bras et les deux autres ne savent pas s'ils doivent rester assis ou partir en courant. Le géant se tient toujours la tête et s'agite dans la pièce, retenu avec peine par sa sœur inquiète. Puis il se tourne vers Claudie brusquement et lui hurle dessus :

-Elle n'avait pas le droit ! Elle n'avait pas le droit ! Moi j'ai attendu ! Alors dis-lui que j'irai la chercher ! Oui, je vais y aller ! Et nous verrons bien !

-Calme-toi ! Arrête tout de suite ! CALME-TOI ! hurle la peintre.

C'est la confusion totale dans le salon, Claudie et Justin ont décollé leurs fesses de leurs sièges, prêts à bondir vers la sortie, quand tout à coup le géant s'enfuit dans sa chambre dont on entend la porte claquer. Même les murs de la maison en tremblent.

Claudie soupire de soulagement et se redresse, elle n'a qu'une envie : s'enfuir, elle aussi. Les deux autres se regardent sans un mot. Il leur faut bien convenir qu'ils ont fait chou blanc.

-Je suis désolée, soupire Violaine.

-Je m'en vais, lâche Claudie.

-Non ! Ne partez pas ! Il va revenir, il va revenir.

-Ah mais merci bien ! Je n'ai pas envie de prendre un gnon !

-Ne craignez rien, il ne vous tapera pas. Imaginez, c'est…c'est un enfant dans sa tête, les enfants ne frappent pas les adultes.

Claudie jette un œil au poulpe et celui-ci sourit en se rasseyant. Elle capitule mais reste sur ses gardes. Et en effet, Joël revient, tout penaud :

-Pardon, dit-il, pardon. Je ne voulais pas crier. Qui tu es ? demande-t-il à Claudie.

-Je m'appelle Claudie et…

-Non, pas ça ; tu as la même voix qu'Emmy. Tu es sa maman ? Elle m'a dit qu'elle avait plus de maman mais elle se trompe peut-être ?

Justin hausse un sourcil et regarde Claudie pour l'encourager mais celle-ci n'a aucune idée de ce qu'elle doit répondre. Elle ne veut pas mentir à cet homme-enfant qui semble souffrir le martyre.

-Je ne sais pas, je ne connais pas d'Emmy. Es-tu certain pour ma voix ? Tu pourrais te tromper depuis tout ce temps…

-Non. Moi je sais. Est-ce qu'elle a changé son nom ? Je veux dire, son vrai prénom ? Ça y est ?

A ses côtés, Claudie sent que Justin s'est crispé soudainement dans son fauteuil ; elle doit maintenir le contact et continuer à faire parler Joël :

-Emmy n'est pas son vrai prénom c'est ça ?

Le géant acquiesce vigoureusement de la tête.

-Pourquoi avait-elle besoin d'un autre prénom ?

-Pour se cacher des hommes méchants.

-Quels hommes méchants ?

-Des hommes de la ville revenus aux bois mais qui pensaient être des dieux.

-C'est elle qui t'a dit tout ça ?

-Oui. Mais tu les connais ?

-Non, non. Nous la cherchons parce que les dames à côté qui s'occupaient d'elle sont mortes ; il faut qu'elle le sache.

-Oh oui ! Elle sera bien contente !

-Ah bon ? Pourquoi ?

-Elles étaient méchantes. Y a que moi qui l'aime vraiment, que MOI ! Et son ange. Je dois y aller, je vais la chercher ! C'est l'heure ! Elle te dira que je mens pas ! Joël, il ment jamais !

-Mais où vas-tu ?

-Dans le bois avec la vierge ! Elle a dit qu'il fallait aller là-bas, que c'est là que l'ange l'attendra ! Qu'il faut suivre le signe de la rose !

-Je ne comprends pas, soupire Claudie. Quel bois, quelle vierge ? Où ?

-Viens avec moi ! Allons dans le bois ! Il faut chercher Emmy !

Et l'homme se prend à nouveau la tête entre les mains, se relève et gémit, d'un cri lugubre et sans fin, tel un loup hurlant à la lune.

D'un regard désespéré, la peintre invite les deux autres à prendre le large.

Cette fois-ci, l'homme-enfant ne reviendra pas immédiatement dans le réel.

La maisonnette abandonnée a un air triste et désolé. Sous un beau soleil hivernal, seul le vent léger courbe les mauvaises herbes, mollement.

Soudain, au fond, sous les sapins, apparaît le gros chien noir qui hume le vent. Il a sauté par-dessus le grillage et depuis plusieurs minutes il ne bouge plus, bien campé sur ses hautes pattes. Il s'assure que personne ne l'observe. Puis, sa gueule s'agite de gauche à droite, tandis qu'il avance dans les hautes herbes, lentement, la truffe au sol suivant une piste. Le gros chien noir zigzague entre les ronces, revient sur ses pas, bifurque à nouveau, dans un ballet connu de lui seul.

Brusquement, Cerbère s'immobilise près du puits. Il relève sa grande gueule vers le ciel et s'assied là.

Comme s'il attendait quelqu'un.

8- Le journal de Théa -1976

Le verdict est tombé !

Ma sœur est anéantie et moi je suis hilare : la petite porte une graine germée ! Je le savais !

Je savais que cette gamine ne serait que problèmes. Nous n'avions pas besoin d'elle dans notre quotidien, nous nous suffisions bien à nous deux. Babel se tord les mains sans cesse, je vois ses gros yeux réfléchir. J'ai confiance en toi ma sœur, tu vas trouver une solution.

Les voix chuchotent : « Babel sait comment faire, Babel a déjà fait ».

Je hurle pour les faire taire et retourne à mes pinceaux en riant.

Emmy grossit de jour en jour. Elle ne rentre plus dans mes robes. Elle se glisse dans celles de Babel, informes et disgracieuses au possible. Elles se ressemblent bien toutes les deux, aussi ternes l'une que l'autre. Et qui se ressemble, s'assemble.

« Combien de temps va-t-elle rester ici ? Que faire d'un bébé ?»

Notre ménage à trois prend ses marques. Babel se défoule dans son jardin tandis qu'Emmy range la maison.

Moi je m'en contrefiche, j'aime le désordre.

Cette gamine est un puits sans fond d'ignorance. Elle n'a aucune culture, elle ne sait même pas lire ! Avec Babel nous nous demandons comment elle vivait dans sa secte. Emmy n'aime pas les cours, elle n'aime pas apprendre. Elle n'aime que Babel et le souvenir de son amant, son ange. Puis elle pleure, encore et encore sur son sort.

Ma sœur se transforme quand la petite sanglote dans ses bras. Elle gronde, elle rumine, elle grogne. Ma cochonne de sœur est une grosse poule. Les voix se moquent d'elles.

Babel n'a toujours pris aucune décision, nous continuons nos mensonges à ceux qui s'interrogent *devant Emmy. Nous savons très bien comment faire, nous avons de la maîtrise, de l'entraînement, nous avons de la constance.*

Et Clodomir ne dira rien, il craint trop que ma sœur ne le charge. Il ne vient même plus.

Jusqu'à quand le grand mensonge ? Car le ventre s'arrondit toujours…

Que va faire Babel ? Pourquoi ne réagit-elle pas plus vite ?

Cette gamine ne peut démarrer dans la vie comme fille-mère !

Babel aurait-elle des remords quand elle n'en a pas eu pour moi ?

C'est peut-être moi qui devrais intervenir ? La petite ne sait que répéter qu'elle ne sait pas quoi faire.

« Prends les devants ! Vise la logique ! »
Les voix s'agitent.

VIII

Un jeudi midi de février 2015.

Encore abasourdis par la scène qu'ils viennent de vivre, Claudie et Justin restent plantés devant le portail de la maison qu'ils ont quittée à l'instant.

-Bon, je suis KO ! Tu as compris quelque chose à ce galimatias ? demande la jeune femme.

-Non. Mais il a parlé.

-Oui enfin, c'est sans queue ni tête et il a crié plutôt, oui.

-Mmmm, il va falloir déchiffrer ce qu'il a dit. J'aurais dû l'enregistrer…

-Surtout le passage où il reconnaît ma voix. C'est n'importe quoi !

-Lucie pense la même chose…

-Quoi ?

Mais le grand échalas reste mutique. Claudie hausse les épaules.

-Et maintenant, on fait quoi ?

-J'ai bien une idée mais elle ne va pas te plaire.

La jeune femme hausse un sourcil mais ne répond rien. Avec Justin, il faut s'attendre à tout. Il semble réfléchir, tournant dans le chemin sur lui-même à grands pas désordonnés. Elle s'appuie contre le mur de galets et attend qu'il se décide. Elle réfléchit à cette idée de voix semblables. Se souvient-elle de la voix de sa propre mère ? Absolument pas. Ni de celle de ses autres parents. Pourrait-elle se souvenir de la voix de ses amis, surtout après autant d'années ?

« Leur certitude est stupide » conclut-elle.

Elle fumerait bien une cigarette, là tout de suite, mais il y a trop longtemps qu'elle a arrêté. Brusquement Cerbère bondit depuis le jardin abandonné pour les rejoindre, la langue pendante.

-Te voilà toi ! Alors la balade t'a plu ? s'écrie-t-elle en plongeant avec délice les doigts dans sa fourrure lustrée.

Mais le plaisir est de courte durée, Justin a pris sa décision :

-Bon, écoute, je te retrouve ce soir chez toi avec John et on fait le point.

Et il tourne les talons, comme un malpropre. Claudie n'en revient pas. Elle se dit surtout que les évènements de la matinée risquent fort de l'empêcher encore de bosser sereine tout l'après-midi. Elle hausse les épaules, soupire un bon coup et s'engage vers le village, suivie du molosse.

Il se fait tard, il va falloir penser à manger.

Arrivée chez elle, Claudie dépose son manteau et se précipite devant l'âtre pour allumer un bon feu. Elle pense qu'il faudrait peut-être qu'elle contacte un bûcheron, au rythme où le feu brûle dans cette baraque, elle n'aura bientôt plus de chêne bien sec. Mais elle chasse la contrainte en secouant la tête et ferme les yeux, bercée par le feu qui crépite. Cette visite chez Violaine semble l'avoir vidée de son énergie ! Elle a eu une de ces trouilles ! Et les mots du frangin continuent de tourner en boucle dans sa tête sans qu'elle puisse comprendre. Mais il lui faut se secouer : elle ingurgite un repas rapide de pain et de fromage et lance une marmite de pâtes à cuire pour Cerbère. Celui-ci s'est couché, épuisé, sur le tapis du salon devant la cheminée et ne bouge plus, les yeux clos. Claudie mâchonne son sandwich et réfléchit en surveillant l'eau qui bout.

« Ben plus on avance et moins on en sait ! » se dit-elle.

Ce qui se dessine maintenant, c'est que la jeune fille cherchait à s'enfuir de chez les Anglaises. Elle n'appréciait donc pas son séjour chez les vieilles dames. Mais pourquoi était-elle chez elles alors ?

Claudie a juste le temps d'égoutter les pâtes alors qu'au fond de sa poche, son téléphone sonne. Elle reconnaît le numéro :

-Bonjour Lucie ! Comment allez-vous ?

-Très bien ma petite Claudie, je te remercie. Je cherche à joindre Justin mais il ne me répond pas. Serait-il par hasard chez toi ? Je crois l'avoir aperçu tantôt dans ton jardin.

-Non, il n'est pas là. Je l'ai vu ce matin chez Violaine, votre amie, mais je ne sais pas où il est parti. Il avait l'air pressé.

-Ah ! Tu as rencontré Joël ? C'était ma petite idée, alors dis-moi vite, est-ce que cela a donné quelque chose ?

-D'abord, Lucie, je ne vous remercie pas ! J'ai eu la trouille de ma vie ! Ce type doit faire plus de deux mètres et j'ai bien cru qu'il allait se jeter sur moi et m'étriper !

-Oh mon dieu ! Que s'est-il passé ?

-Il était comme fou, dans une colère terrible. Et…en réalité je n'ai rien compris de ce qu'il disait. Il m'a fixée avec ses gros yeux puis m'a hurlé dessus qu'il avait attendu, mais je ne sais pas quoi. Quand j'ai pu lui poser des questions parce qu'il était enfin calmé, il nous a annoncé qu'Emmy était poursuivie par des hommes qui se prenaient pour dieu et qu'elle voulait rejoindre un ange et sa vierge dans les bois ! Sa sœur a eu un mal fou à le calmer. Nous sommes partis précipitamment.

-C'est incroyable tout ça ! Mais Joël ne se souvient peut-être pas bien. Depuis trente-cinq ans, il a pu modifier les mots. Et puis il a l'âme d'un enfant encore…

-C'est comme ma voix qui ressemble à celle de la nièce ! Joël en est persuadé mais depuis trente-cinq ans, il peut se tromper !

-Oh ! Tu sais j'ai eu la même impression, après l'enterrement de Théodora, quand nous discutions d'Emmy dans ta voiture. Mais tu as raison, c'était juste une impression.

-En attendant, vos impressions me mettent dans de drôles de situations et je n'ai aucune envie de me mêler de cette histoire. Je laisse Justin débrouiller ce fatras.

Les deux interlocutrices se taisent, gênées soudain. Après quelques secondes, Claudie, par politesse, reprend la parole :

-Bon mais vous, comment allez-vous depuis l'enterrement ?

-Oh très bien, ma petite Claudie ! Je suis très occupée. Le notaire est venu chez moi et a engagé un généalogiste successoral. Nous verrons bien ce qu'ils trouveront de leur côté. Dans tous les cas, un testament spécifie bien que tout revient à Emmy ou ses descendants. Il y a beaucoup d'argent en jeu. Et c'est signé par Isabel et Théodora. Moi qui pensais qu'elles étaient fâchées contre la fuyarde. Quelle drôle d'idée de tout léguer à une jeune fille qui est partie sans un mot si elle ne faisait pas partie de la famille ?

-Peut-être qu'elles n'avaient personne d'autre à qui léguer leur fortune et qu'elles ont beaucoup aimé Emmy ?

-Oh ! Isabel adorait Emmy, c'est certain. Elle la couvait comme une cane avec ses petits, mais elle était si maladroite, elle ne savait pas dire de mots gentils, seuls ses regards étaient sans équivoque. En revanche, Théodora…je crois qu'elle n'a jamais aimé que sa sœur ! Mais quand même, la date du testament est de 1985 et à cette époque, Isabel ne décolérait toujours pas du départ d'Emmy ! Je la fréquentais encore un peu, je m'en souviens. Elle avait même des mots très durs pour elle, des mots que je ne peux pas te répéter, ils sont trop laids dans la bouche d'une femme. Alors pourquoi léguer ses biens à quelqu'un contre qui on est en colère depuis si longtemps ? Je ne comprends pas. Et le notaire n'en sait pas plus, il a réalisé l'acte selon les consignes données mais n'a jamais pu éclaircir la chose. Enfin, nous verrons bien ce que ce généalogiste trouvera. Je serais curieuse de revoir Emmy.

-Mais elle semblait détester les Anglaises puisqu'elle voulait s'enfuir sans leur dire. Vous croyez qu'elle subissait des violences chez les deux sœurs ?

-Non, pas du tout mais Isabel devait être plutôt étouffante tu vois ? Elle chaperonnait Emmy, elle la surveillait en permanence, comme si Emmy risquait de faire une bêtise.

-Alors Emmy était leur prisonnière peut-être ?

-Oh ! Non, non. Je n'imagine pas les sœurs Baswell comme des tortionnaires ! Et puis dans quel but ? Ou alors c'était une jeune fille en détresse qu'on leur avait confiée, peut-être une toxicomane, et elles craignaient qu'elle ne s'enfuie et replonge ? Il y a eu beaucoup de problèmes de drogue dans les années soixante-dix, tu sais.

-C'est une possibilité, j'y ai pensé aussi et ça colle avec tout le reste. Mais ça ne nous dit pas d'où elle venait et où elle est aujourd'hui.

-Surtout sans connaître son nom de famille. Autant chercher une aiguille dans une meule de foin.

-Et vous saviez qu'elles étaient jumelles, les sœurs Baswell ? demande Claudie.

A l'autre bout du fil, le petit rire de clochette de la vieille dame jaillit :

-Ah ! ah ! Qu'il est bon de rire un peu. Que tu es drôle, ma chère enfant ! Non, tu te trompes, elles sont nées la même année, oui, mais pas le même jour. Le retour de couche, cela ne te dit rien ? Isabel est née la première en début d'année et sa sœur neuf mois après, en fin d'année. Mais à élever, cela a dû être aussi éprouvant que pour des jumeaux. Quoique dans les riches familles anglaises, bien souvent, il y avait une Nannie.

Claudie réfléchit, l'histoire est peu commune mais pas impossible.

« La pauvre mère ! »

En même temps, à l'époque où il n'y avait pas de pilule, on ne choisissait guère les dates de ses grossesses.

Lucie la tire de ses réflexions :

-Justin n'est toujours pas là ? Bon je vais essayer à nouveau de le joindre sur son téléphone. Passe une bonne soirée ma petite Claudie, et viens quand tu veux, ma porte est ouverte.

Claudie raccroche et a soudain l'idée de consulter sur internet les lois anglaises des années 1950. Son travail est laborieux, son anglais n'est pas fluide mais il apparaît sur son écran deux possibilités au départ précipité des sœurs Baswell. La première concerne la loi Infant Life, qui punissait comme un crime, toute personne pratiquant les avortements. Et la peine était lourde, à savoir la perpétuité. Claudie se demande si Isabel et ses plantes n'aurait pas pu être concernée. Mais pourquoi choisir la France pour se cacher ? Elles auraient pu s'installer partout ailleurs, comme aux Etats-Unis par exemple. Le deuxième fait historique qui interpelle la jeune femme concerne les soldats italiens de la seconde guerre mondiale, prisonniers de l'Angleterre. Ces hommes avaient l'interdiction de fréquenter les jeunes filles britanniques qui sinon se retrouvaient qualifiées d'irresponsables, et étaient poursuivies. Serait-ce un amoureux italien qu'elles auraient voulu suivre, jusqu'en France ?

« Il faudrait chercher les familles italiennes de Joyeuse arrivées au lendemain de cette guerre » se dit-elle. Emmy serait peut-être liée à un soldat Italien, connu des sœurs ? Serait-ce une bonne idée à soumettre à Justin ?

Elle s'en veut soudain, elle s'est promis de ne pas intervenir dans l'enquête mais c'est plus fort qu'elle, insidieusement, elle ne peut s'empêcher de fouiner dans ce sens.

La jeune femme se fustige intérieurement et décide de se mettre à son propre travail, bien plus important que les recherches de ses acolytes. Cerbère se frotte soudain à ses jambes et la jeune femme sursaute :

-Oh je t'ai oublié !

Elle retourne à la cuisine et transvase les pâtes dans un gros plat. Cerbère a senti l'odeur de sa pitance et patiemment il la regarde faire.

Elle a peine le temps de poser son plat au sol que l'animal se rue dessus.

-Ben mon gros, tu avais la dalle.

Depuis midi, David, dit La Baleine, flotte fébrilement dans les eaux troubles du net. Cet amoureux de l'informatique savoure d'avance le défi : encore une fois, Justin lui a confié la mission de creuser dans les archives des diverses instances administratives, en toute discrétion, bien sûr. Mais aujourd'hui c'est un peu plus compliqué que d'ordinaire : certaines infos sont en anglais.

Peu importe !

Rien ne l'arrête.

Il fouille à la recherche des noms et prénoms désignés par son plus vieil ami.

9- Le journal de Théa- 1976

Ma sœur fait pitié à voir ! Elle apprend les rudiments du jardinage à Emmy sans réaliser que la pauvre petite doit faire semblant de s'y intéresser, certainement par peur de se retrouver à la rue. Son gros bide n'arrange pas la manœuvre.

Les voix ricanent de bon cœur : « les dondons au jardin ! »

Babel enferme dans ses grosses pognes rêches les petites mains d'Emmy pour y déposer la terre, les plants ou les boutures, en lui susurrant mille recommandations. Je les observe depuis mon fauteuil d'osier sous la glycine et je ne peux parfois m'empêcher d'éclater de rire. Alors elles tournent leurs visages étonnés vers moi ; Babel fronce les sourcils et Emmy la questionne des yeux.

Et puis elles m'oublient.

Les voix sont bien fâchées : « garces, garces ! »

Ne vous moquez pas de moi, sinon je me vengerai.

Le temps passe sans que Babel ne réagisse. Je la presse de prendre une décision. Elle me fait taire de son œil noir mais me rassure en souriant. Ma sœur a donc un plan. Je vais attendre son signal. Je trépigne, impatiente de savoir.

Personne ne se doute de rien, pas même Emmy, aussi naïve que bécasse ; elle babille dans la maison, parle de son bébé à naître et son visage s'illumine. Mais elle suit avec application les recommandations, à savoir motus et bouche cousue avec tous les autres, quand je crains malgré tout qu'ils ne devinent.

Je l'ai pourtant entendue se confier au voisin près de la clôture, hier soir. Je pense que le pauvre garçon en est tombé amoureux. C'est romantique mais dangereux : il pourrait parler, s'inquiéter par la suite, sans oublier qu'il est fort comme un taureau. Babel *a-t-elle pensé à tout cela ? Elle hausse les épaules.*

« Babel sait ! Fais confiance à Babel » répètent les voix.

Le voisin est malade, qui l'écouterait, lui, dont la cervelle ne fonctionne pas ? Pauvre Emmy, tu ne vois pas que tu es entourée de monstres de foire ?

Enfin quelques mots ce soir, quand Emmy est couchée : Babel ne veut pas de l'enfant. Babel déteste les enfants. Mais elle ne parle pas d'Emmy. Je tremble de rage : ma sœur me cache des choses. Je ne la reconnais pas. Elle ne me partage plus ses secrets.

Les voix sont en alerte maximale. Je me tiens prête à bondir, à leur commandement.

Pour la première fois, Babel semble fragile…

IX

Un jeudi soir de février 2015.

John et Justin sont arrivés ensemble et se sont mis aux fourneaux, laissant Claudie paresser devant la cheminée. Elle n'a pas dit non, la cervelle épuisée par ses recherches de l'après-midi. Elle a enfin pu démarrer ses écrits, comme si quelque chose s'était enfin débloqué, après sa conversation téléphonique avec la vieille institutrice. En même temps, elle en a profité pour se pencher sur l'histoire de Rochebesse et comme l'avait décrit Justin, les lieux n'avaient pas beaucoup d'importance ; il semblerait que le fameux trio meurtrier ait été constitué de mauvaises graines, et ils auraient probablement mal tourné, n'importe où. Enfin, Claudie reconnaît que dans la campagne ardéchoise, l'histoire a dû secouer pas mal de gens, peu habitués à ce genre d'affaire de grand banditisme, plus commune dans les grandes villes.

Comme de très loin, elle entend les garçons qui s'agitent dans la cuisine ; ils ne discutent pas vraiment mais bousculent les placards, repoussent les tiroirs, raclent les chaises au sol, claquent la poubelle, et les bribes qu'ils échangent sonnent comme un ronronnement. Petit à petit une douce odeur lui parvient aux narines et son ventre gargouille, douce torture.

« Bien pratiques ces deux cocos ! » pense-t-elle en souriant, les yeux fermés, tout en caressant machinalement le chien allongé à ses côtés. Et puis vient le cri libérateur :

-Claudie ! À table !

Elle rejoint les deux lascars déjà attablés dans la cuisine autour de la petite nappe à carreaux, déplie sagement sa serviette en se léchant les babines et attaque la bombine, plat typiquement ardéchois, d'une fourchette énergique.

-T'as fait un compte-rendu à John ? demande-t-elle la bouche pleine.

Le poulpe ne répond pas, c'est John qui demande :

-*Tu vois le géant* ?

-Oui ! Toi aussi ?

-*Oui. Une fois.*

-Vous avez parlé ?

-*Il part en courant comme si vu le monstre,* conclut John en souriant.

Claudie imagine la scène, amusée : le type immense version Hulk qui s'enfuit devant John la crevette.

Après leur repas, les trois amis se retrouvent au salon. Enfoncée dans un fauteuil en cuir, Claudie se demande lequel d'entre eux sombrera le premier dans les bras de Morphée. Ils ont tous l'air crevés. Et particulièrement John dont le visage s'est creusé. La jeune femme redoute que l'une de ses fameuses crises de migraine ne se prépare. Elle y a assisté un soir, il y a longtemps, et heureusement que Justin était avec elle parce qu'elle n'aurait pas su quoi faire. L'Anglais semblait comme possédé, il hurlait dans sa langue des mots incompréhensibles, les yeux exorbités. Elle se revoit figée, le doigt sur le bouton du téléphone, prête à appeler les secours. Puis John s'était calmé et très vite endormi. Le lendemain, il s'était excusé, expliquant avoir de violentes migraines uniquement soulagées par ses cris. Claudie avait trouvé le traitement paradoxal mais n'avait rien ajouté, priant pour ne plus jamais assister à une telle scène. Ou ne pas s'y retrouver seule. Le bonhomme n'était pas bien épais mais il avait une force démoniaque.

-Bon, attaque le poulpe. Je crois qu'on ferait bien de faire un point.

Personne ne lui répond.

-A toi Claudie ! Raconte-nous ta version des faits.

Elle hausse les sourcils, mais se dit que la soirée est sympathique, au coin du feu entourée de ses amis en sirotant sa tisane. Aucun doute, elle s'avoue vaincue. Elle réfléchit et se lance :

-Primo nous avons une jeune fille que tout le village recherche parce qu'elle doit hériter de deux vieilles dames qui l'ont hébergée, je ne sais même pas combien de temps d'ailleurs.

-Presque quatre ans, je crois, répond Justin en souriant.

-Deuzio, la jeune fille appelée Emmy, mais ce n'est pas son vrai prénom, se cache pour échapper à des types qui se prennent pour dieu, selon les mots de

Joël. On n'y comprend rien. Tertio, un jour, Emmy se barre sans rien dire, ou plutôt si, elle confie à son voisin qu'elle part rejoindre un ange et une vierge dans les bois, qu'il faut suivre les roses…

Elle se tait puis s'exclame :

-Ben avec ça, on est bien avancés !

-*J'ai rien compris,* gémit John.

-Avec Lucie on a émis une hypothèse, reprend la jeune femme. Peut-être que cette gamine était une toxico que les Anglaises étaient chargées de soigner ? Ça semble plausible si on se réfère à l'attitude très étouffante d'Isabel. Maintenant, qui leur a confié Emmy ? Mystère et boule de gomme.

Justin réfléchit à voix haute :

-Ça me fait penser à quelque chose, mais quoi… Mmmm, pas grave, ça me reviendra. Au fait, tu oublies de préciser qu'elle sait à peine lire et écrire.

-Ah oui ! Comme si elle sortait déjà des bois. Mais bon dieu, c'est quoi tous ces bois ?

Le feu crépite et John se lève en douceur pour y ajouter une dernière bûche. Justin reprend :

-On a deux sœurs orphelines d'origine anglaise, qui viennent vivre à Joyeuse dans les années cinquante. Pourquoi venir s'enterrer dans un village ? Pourquoi en Ardèche ? Pourquoi à Joyeuse ? Pourquoi ne pas utiliser leur fortune pour aller dans une grande ville ? Pourquoi quitter l'Angleterre ? Je n'arrive pas à comprendre ces deux bonnes femmes. Il me manque le premier fil… Je pense que La Baleine me déroulera cette pelote.

Puis il continue :

-Et en 1976 apparaît une jeune fille inconnue qui ne sort jamais, hormis dans le jardin. Est-ce une nièce, une esclave, une recueillie ? Les Anglaises n'ont jamais été connues comme bienveillantes, ça ne colle pas. Est-elle malade, droguée, débile ou maltraitée ? Quel âge a-t-elle exactement ? Et quatre années après, la jeune fille disparaît et plus personne n'en parle. Est-elle toujours vivante ? Pourquoi personne n'a posé de questions à l'époque ? C'est fou ça, même notre Lucie ne leur a rien demandé.

-Ben dis donc, enchaîne Claudie, ça en fait des questions à résoudre. C'est un mystère comme tu les aimes non ? Au fait, j'ai effectué quelques recherches sur le net, et à l'époque de leur arrivée, elles auraient pu être poursuivies en Angleterre pour avoir pratiqué des avortements illégaux ou pour avoir fricoté avec un prisonnier italien. Tu as demandé ça à David ?

Il ne répond même pas. Tous les trois plongent dans leurs réflexions, sirotant leur tisane en silence, les yeux perdus dans les flammes du feu.

-Et que penses-tu de ta ressemblance ? demande le poulpe.

-De quoi tu parles ? ronchonne Claudie.

-Tu as la même voix qu'Emmy ! Même Joël, l'innocence incarnée, l'a constaté. Pour lui, tu es la mère d'Emmy, tu te souviens ?

-Il est malade, il prend des cachets, il est sous traitement. Son jugement ou son ouïe peuvent en être altérés.

-Et Lucie aussi parle de cette ressemblance.

-Mais Lucie est presque centenaire. Tu as essayé de te souvenir de la voix de quelqu'un que tu aimais beaucoup mais que tu ne vois plus depuis des lustres ? Moi oui et je serais incapable de te donner le moindre indice. Sans compter que les voix ne sont pas uniques ; j'ai déjà cru entendre tel acteur à la radio avant de découvrir que je me trompais ! C'est n'importe quoi. Où veux-tu en venir ?

Le poulpe laisse passer quelques minutes en se caressant le menton puis il revient à la charge :

-Ta famille ?

-Quoi ma famille ? ronchonne Claudie ulcérée. Mon père était fils unique, ma mère était fille unique. Je n'ai connu que mes grands-parents paternels, et encore, dans ma petite enfance, installés à Joyeuse. Ma grand-mère avait une sœur, Alice, qui n'a jamais eu de descendants, et mon grand-père n'avait plus de famille proche. Mais je ne sais pas, ils avaient peut-être des cousins, lointains ou avec lesquels ils étaient fâchés, non ? Peut-être que cette petite, Emmy, faisait partie de ma famille en remontant à la sixième génération ? Et alors ? Quel rapport avec les sœurs Baswell dont personne n'a jamais soulevé l'existence dans ma famille ?

Le temps passe, personne ne lui répond. John semble endormi, avachi dans le fauteuil, tandis que le poulpe reste hypnotisé par le spectacle du feu dans la cheminée. Même le chien ne réagit à rien.

-J'ai demandé à David de faire ton arbre généalogique, comme ça, nous serons fixés, lâche enfin Justin.

Folle de colère rentrée, Claudie ne peut s'empêcher de lui jeter à voix basse :

-Tu m'emmerdes, Justin, vraiment, tu m'emmerdes. Tu es obsédé par ma famille, je ne sais pas pourquoi. Qu'est-ce que je t'ai fait au juste ?

Elle se lève et sans un regard en arrière se dirige vers sa chambre où elle s'enferme.

Ils peuvent partir ou rester dormir dans le salon, elle s'en contrefiche.

Cerbère n'a pas bougé une oreille.

Cerbère est immobile comme une statue grecque, il écoute tout avec une grande attention. Ces conversations d'humains ne le passionnent pas vraiment, mais elles sont utiles.

Dans sa tête de chien, il perçoit la colère qui ronge Claudie, et sait d'avance que la nuit va être longue pour elle. Il faut qu'il reste vigilant, alors il se repose avant, à la chaleur du feu de cheminée ; il est rarement aussi bien loti le reste de l'année.

Les évènements se précipitent.

Bientôt il pourra enfin se reposer de toutes ses années d'errance.

Il commence à se faire vieux.

10- Le journal de Théa -1976

Je déteste l'automne et l'hiver. Il faut se recouvrir le corps de cinquante vêtements, et on ne parvient plus à bouger gracieusement.

Mais toutes ces couches sont bien pratiques pour cacher le ventre d'Emmy.

Cette fille me hait. Ou alors elle me craint. Elle reste toujours avec Babel. Ces deux-là discutent sans fin, je ne sais pas de quoi. Me prend-elle pour une sotte ?

Elle ne devrait pas.

« Attention, petite, attention, le feu couve ».

Le terme approche. Emmy reste cloîtrée dans la maison, les rideaux tirés. Plus personne n'est convié à l'intérieur. Babel a même cru bon de dire à tous qu'Emmy avait disparu. Nous sommes obligées de vivre dans le noir et de mentir à nouveau.

« Vilaine Babel, méchante Babel ! »

Mes amis s'inquiètent, le voisin nous guette. Je croise les doigts dans mon dos tandis que toutes les fausses paroles sortent de ma bouche.

« Parfois, Babel, tu fais n'importe quoi ! »

J'ai hurlé ce soir, pas pour faire taire les voix mais pour ramener ma sœur à la raison. Il nous faut agir. Seul Clodomir peut nous aider. Le bébé va naître dans le secret mais après ?

Babel est persuadée qu'Emmy ne saura pas s'occuper d'un enfant.

Les voix jubilent : « vilaine Babel ! Monstre Babel ! »

Je tremble. Même Clodomir semble hésiter, lui d'ordinaire plus froid qu'un serpent. Souvent il croit nous tenir dans sa main. Pauvre fou…

Les voix s'agitent : « tic-tac, tic-tac »

Le rendez-vous a été pris pour Emmy et j'ai comme un pressentiment. Pauvre petite, tu vas goûter à la morale de ma sainte sœur. Tu verras, les traces physiques sont invisibles,

mais l'âme est transpercée à jamais.
Emmy babille comme un oiseau. Alors
que petit à petit, elle monte à
l'échafaud.
« Tic-tac, tic-tac ».

Il me faut la piqûre, il me faut ma
piqûre, Babel, dépêche-toi !
J'ai soudain très froid.

X

Un vendredi matin de février 2015.

Claudie ouvre les yeux dans un silence total. Elle a passé une sale nuit, elle a mis des plombes à s'endormir. Dans sa tête tournoyaient des souvenirs avec ses parents, elle essayait de remonter le temps à la recherche du moindre visage de lointains cousins, sans succès. Et quand elle a fini par plonger dans les limbes, c'est un sommeil agité, peuplé de visions cauchemardesques, qui l'a poursuivie toute la nuit. Un cauchemar récurrent où elle court dans un grand pré dont l'herbe haute la dépasse presque, poursuivie par la terreur avant de se réfugier dans les bras d'un homme vêtu d'une robe de bure. Elle fait ce rêve depuis des années sans trouver jamais la moindre explication à cette vision.

Un mouvement au pied du lit la fait se redresser brutalement apeurée, mais elle sourit de soulagement en découvrant ce qui l'a effrayée : Cerbère est posté près de son lit et la regarde, la langue pendante. Elle éclate de rire, jaillit des draps et enfile ses bottes fourrées en lapin et un gros pull sur son pyjama, puis chemine sans bruits dans la maison, le chien la suivant. Au passage elle constate que les garçons sont sûrement partis puisqu'il n'y a aucun bruit, mais la cheminée ronronne et avec stupeur elle découvre la méduse, tranquillement installée dans la cuisine.

-Pas trop mal dormi ? demande-t-il en lui souriant.

Elle ne daigne même pas lui répondre, juste hausser les épaules.

Il lui sert son thé fumant et pousse vers elle le pain et le beurre. La jeune femme mange en silence, Justin a l'air perdu dans ses pensées. Par la fenêtre elle salue du regard le village niché dans une bruine grise. Elle frissonne. Aucune trace de John.

« Un vrai courant d'air celui-là »

Comme s'il avait lu dans ses pensées le poulpe annonce en rigolant sous cape :

-John est rentré chez lui hier soir. Tu sais comme il aime son petit intérieur pour dormir.

-Moi je trouve qu'il a une sale mine. On dirait qu'il prépare l'une de ses crises.

Elle jette un œil à Cerbère qui reste assis près d'elle et se demande ce qu'elle va faire de sa journée. Elle n'a envie de rien, elle se sent le cœur gros, sans aucune raison. Elle n'a même pas envie de reprendre ses écrits.

« Je devrais aller me recoucher » se dit-elle.

Elle range son petit -déjeuner et ouvre la porte pour que le chien sorte un peu. Le molosse devait en avoir besoin parce qu'il file sans demander son reste. Claudie referme bien vite, elle a froid, comme glacée à l'intérieur.

La pendule et le clocher de l'église sonnent en chœur la demie et le poulpe semble sortir de sa léthargie :

-Claudie, tu devrais aller t'habiller.

-Pourquoi ? demande-t-elle, brusquement ramenée à la réalité.

-Je t'emmène visiter la maison Baswell. Le notaire nous autorise à le suivre ce matin. Il y aura bien sûr le généalogiste. Ils espèrent trouver certaines réponses là-bas. Mais je n'y crois pas trop.

-Pourquoi ?

-Parce qu'après l'inondation de 1992, tout doit être bien pourri.

Claudie file sous la douche. Le jet brûlant la ravigote, elle se sèche vigoureusement et fonce enfiler des vêtements chauds.

Enfin prête, Claudie rejoint Justin qui l'attend sur la terrasse. Cerbère semble vouloir les accompagner : il s'étire sur ses grandes pattes. Elle donne un dernier tour de clef et les voilà partis à pied dans la rue qui remonte vers le village. Ils passent le pont à belles enjambées et le poulpe lâche :

-Cet après-midi, nous irons voir Lucie.

La jeune femme ne répond pas et marche, le nez sur ses pieds. Elle a toujours autant de mal à suivre le rythme de son acolyte qui allonge le pas de ses grandes jambes. Le chien reste au niveau de Claudie, comme pour l'encourager.

« Nous formons une belle brochette tous les trois ». En quinze minutes, ils ont rejoint la Grand Font et pris la petite ruelle piétonne d'Auzon qui mène à la rivière. Plus loin, devant la maisonnette des Anglaises, deux costards-cravates les attendent.

Claudie reconnaît le notaire avec qui elle avait traité lors du décès de sa grand-tante, un vieux monsieur propret, son énorme moustache poivre et sel toujours bien présente sous ses petites lunettes rondes et son crâne dégarni. Il ne semble pas la reconnaître ou s'en contrefiche, et lui serre mollement la main. Le second, présenté comme le généalogiste successoral, est un homme de quarante ans, plutôt grand et très brun, mince, bronzé, et le sourire éclatant. La jeune femme l'associe immédiatement à un loup.

« Toi, mon coco, tu rêves de croquer le magot » se dit-elle.

Elle se souvient que cette profession tire ses revenus des successions sans héritiers directs, à hauteur d'environ vingt pour cent, pour autant qu'ils retrouvent les descendants ; et pour afficher ce beau sourire, il doit y avoir, aujourd'hui, une coquette somme à la clef !

La petite troupe s'engage dans le jardin, après avoir ouvert le portail de bois, avec difficulté à cause de toutes les lianes. Cerbère file illico dans les broussailles vers le fond, la truffe au sol. Personne n'a de regard pour ce jardin mais Claudie ouvre grand les yeux de tous côtés. Hormis les ronces et les mauvaises herbes, l'endroit semble désolé et bien plus grand qu'il n'y paraît ; au fond, de grands sapins lui donnent l'air encore plus lugubre et humide. Claudie aperçoit une petite construction de pierres circulaire, typique d'un puits et près de la clôture, une petite mare qui ressemble désormais à un marécage boueux. Çà et là apparaissent de petites statues en ciment grisâtres, rongées par la mousse et les lichens, représentant tantôt un héron ou un flamant rose, tantôt une statue grecque mal sculptée. « C'est très laid ».

Elle frissonne dans son manteau et suit les autres dans la maison que le notaire vient d'ouvrir enfin, après avoir lutté un moment avec la porte craquelée.

A l'intérieur, leurs voix résonnent dans le noir. La jeune femme écarquille les yeux se maudissant soudain de ne pas avoir pris de lampe torche. Au fil de ses pas, le notaire ouvre grand les fenêtres et la lumière blafarde de ce vendredi pénètre enfin la maison désolée. Claudie ne dit rien et Justin non plus ; seuls les deux professionnels échangent quelques remarques sur l'état de la bâtisse, scrutant les murs rongés d'humidité et balayant sous leurs bottes les détritus boueux qui leur barrent le passage avant de prendre quelques notes. La jeune femme erre selon son envie dans les pièces en enfilade : tout est sens dessus-dessous, les buffets, les armoires et l'ensemble du mobilier semblent avoir été renversés par une tornade. La montée des eaux a laissé sa marque encore visible, vingt-trois ans après, sous forme d'une épaisse couche de boue sèche qui recouvre tout et que le moindre souffle d'air projette dans l'atmosphère, noyant les pièces dans une espèce de brouillard brun.

Claudie toussote et agite les mains devant son visage. Elle a beau tourner son regard tout autour, il n'y a rien à voir, tout est pourri, fracassé, foutu, mangé par l'humidité et le froid, et par le temps qui a passé. Elle se fait aussi la réflexion qu'il n'y a pas trace dans la poussière, de souris, ni d'aucun rongeur venu nicher ici. La mousse des vieux fauteuils en tissu renversés semble être restée intacte, juste recouverte d'une pellicule brune, laissant à peine entrevoir les motifs floraux qui autrefois faisaient le tissu.

Claudie est à la traîne, les trois autres sont déjà passés à l'étage. Elle tourne sur elle-même, empêchée dans ses mouvements par les débris de bois et de vaisselle qui jonchent le sol. Elle ramasse un petit éclat de porcelaine et gratte la surface avec son ongle : un motif délicat et bleu foncé apparaît alors ; la vaisselle ancienne devait être délicatement ornée.

« Quelle tristesse » se dit-elle.

Elle revient sur ses pas, retraverse ce qui ressemble à une cuisine et un salon pour arriver à l'entrée et monter l'escalier étroit de pierre. Juste à côté de la porte d'entrée, il y a un clou qui dépasse du mur et auquel pend un vieux sac à main défraîchi, miraculeusement épargné par les flots. Les costards-cravates n'ont même pas daigné le toucher. Claudie passe la main dessus et retire ses doigts brusquement, comme si un courant électrique l'avait traversée. « Je suis à fleur de peau » soupire-t-elle. Son regard erre sur toutes ces choses endormies et figées dans le temps depuis si longtemps, suintant une tristesse sans fond.

Sur les murs blancs, la délimitation des eaux indique que le niveau est monté bien plus haut que sa propre taille : « ce devait être terrifiant » se dit-elle.

Le petit escalier de pierre tourne sur lui-même pour atteindre l'étage. Là encore, les pièces sont orientées vers le jardin, les unes après les autres, le long d'un étroit couloir aveugle. Elles ont été miraculeusement épargnées par la boue et ne semblent pas avoir subi les mêmes dommages que le bas. Claudie jette un œil dans chacune : il y a d'abord deux chambres dont la seconde est minuscule. Meublées de lits étroits aux montants sculptés de bois, les dessus de lit fleuris sont fanés mais encore en place, et là non plus, pas trace de grignotage par des rongeurs et aucune crotte sur le sol. Dans la première chambre, une belle armoire et une petite commode. Claudie s'approche de l'armoire et tente de l'ouvrir. En forçant un peu, la porte cède en grinçant et elle constate que les robes et gilets sont intacts, bien pliés sur les étagères, à peine couverts de la poussière des ans. Sur la commode, il y a un petit miroir sur pied et quelques figurines en porcelaine sales, et au-dessus du lit, entourant un crucifix, deux petits tableaux de paysage anglais et d'oiseaux sauvages. Dans la seconde chambre, le mobilier semble encore plus spartiate, et la petite armoire vide ; aucune décoration sur les étagères ni sur les murs. « Ces deux pièces tranchent manifestement » se dit la jeune femme en fronçant les sourcils. Elle s'approche de la tête de lit et sourit en constatant que quelqu'un y a gravé une fleur, en tout petit, contre le rebord. Peut-être Emmy ?

-Oh ! Elle a dû se faire disputer d'avoir abîmé le bois pour y mettre son dessin, murmure-t-elle.

-Qu'est-ce que tu marmonnes ? demande le poulpe juste derrière elle.

-Tu m'as fait peur ! Regarde cette petite gravure…

-On dirait une fleur, non ? Je ne suis pas très fort en dessin.

-Quand j'étais petite, mon père m'avait appris à dessiner les roses comme ça, d'un seul coup de crayon. C'est Emmy, tu crois ?

-Mmmm.

-Il faut suivre les roses, murmure la jeune femme.

Justin tourne les talons.

Claudie continue d'avancer dans le couloir jusqu'à une petite salle de bain vert olive, où la baignoire l'interpelle : de tout ce qu'elle a vu jusqu'à présent, cette baignoire semble incroyablement propre ! En tous cas, la quantité de poussière y est infime par rapport à tout le reste de la maison. Claudie reste immobile, interloquée devant cette étrangeté. Puis elle tente de tourner les robinets pour voir si l'eau y est toujours branchée mais n'y parvient pas, les joints probablement desséchés par le temps.

« Je suis ridicule », se dit-elle.

La voix de Justin dans son dos la fait sursauter à nouveau:

-T'as découvert le lit de John ?

Elle fixe la baignoire, interloquée. Elle croit comprendre.

-Allez viens voir ici, c'est pas mal non plus.

Claudie suit son ami dans le couloir.

-John a dormi ici ? chuchote-t-elle.

-Oui, mais pas longtemps.

-Il dormait dans la baignoire ?

-Je crois qu'il pensait ne pas être le bienvenu, ou un truc du genre.

La jeune femme secoue la tête.

Elle arrive dans la dernière pièce, immense et lumineuse de ses deux grandes fenêtres ouvertes. Il y a ici bien plus de meubles que dans les autres pièces et une quantité de cadres aux murs abritant des aquarelles, pour la plupart totalement fanées. Dans un coin, une chauffeuse recouverte de tissu mordoré à franges, çà et là, des tapis au sol se chevauchent sans cohérence, et dans un angle, un petit bureau de bois aux multiples tiroirs, que les hommes de loi inspectent avec frénésie.

-C'est la chambre de Théodora, précise Justin.

-Elle contraste vachement avec les autres, répond Claudie.

-Mmmm. D'un côté la chambre de bigote et ici la chambre d'artiste…

Le notaire s'éclaircit la gorge et leur lance :

-Bon, qu'en pensez-vous, jeunes gens ?

-Faut-il chercher quelque chose de précis ? demande Justin.

-Je n'ai pas d'idée spécifique, mais Madame Chauvet m'a rapporté que Théodora tenait un journal et qu'elle ne l'avait pas emporté à la maison de retraite. Il doit donc se trouver ici. J'espère qu'il n'est pas resté au rez-de-chaussée, sans quoi il sera illisible ou perdu, si toutefois il nous sert à quelque chose. Théodora n'avait pas toute sa tête, il se peut que son journal soit un ramassis de pensées sans suite... Ou qu'il ait été jeté il y a longtemps.

L'homme au sourire de loup interroge les deux amis du regard, qui restent mutiques, alors il conclut de lui-même :

-Je pense que nous devrions fouiller plus en profondeur cet étage. On peut peut-être trouver des papiers ou une cache, cela se faisait beaucoup à l'époque, surtout dans les chambres de vieilles filles. Vous pouvez bien entendu nous assister, mais si vous trouvez quoi que ce soit, appelez-nous. J'ai l'impression que la maison a été visitée. Il y a un carreau cassé à l'une des fenêtres du bas et quelques traces de pas dans la poussière, qui semblent récentes.

Les deux hommes envahissent la chambre de Théodora en s'escrimant sur les différents meubles, triant les vieux papiers, rampant sous le lit et observant à la loupe la moindre parcelle des murs et chaque latte de parquet.

Justin entraîne la jeune femme vers l'extérieur :

-Viens. On ne trouvera rien ici.

-Comment peux-tu en être certain ?

-Allons dehors, dans le jardin.

Claudie hausse les épaules et suit son compagnon, pas fâchée de mettre le nez à l'air pur, loin de toute cette poussière brune qui lui brûle la gorge. Elle respire une bonne goulée d'air et avise la voisine, près de la clôture.

-Bonjour ! lui lance Violaine. Comment allez-vous depuis hier ?

-Ça va, je me suis remise de mes émotions. Et votre frère ?

-Oh ! Comme toujours. Après votre départ, tout est rentré dans l'ordre.

Elle reprend après un petit silence :

-Vous avez trouvé quelque chose ?

-Rien à part de la poussière et du chaos. Ça a dû être quelque chose cette crue !

-Oh là là, une horreur. Il avait plu des torrents toute la journée, il faisait si sombre qu'on se croyait en pleine nuit. Depuis l'étage, nous regardions, terrifiés, l'eau qui montait inexorablement. Mes parents m'avaient forcée à rester dans ma chambre, en attendant les secours, mais vous pensez bien, je n'y arrivais pas, entre le tonnerre assourdissant, le bruit de la rivière qui grondait toute proche et mon frère qui faisait une crise terrible.

-Je n'ose pas imaginer.

-Oui, surtout qu'au moment où les pompiers sont venus nous chercher, Joël avait disparu ! Mes parents étaient en transe les pauvres.

-Il s'était caché ? interroge soudain Justin.

-Nous ne savons pas, mes parents et moi avons été évacués vers la mairie et ce sont les pompiers qui nous l'ont ramené une heure après. Il était calme, mais trempé comme une soupe bien sûr. Les pompiers l'ont trouvé dans la maison, il attendait sagement ! Mais j'ignore où il avait disparu, nous avions déjà tout remué. Ce sont des souvenirs terribles… Maintenant, chaque fois qu'il pleut, on ne peut s'empêcher d'y penser. Ça vous poursuit toute votre vie. Et encore, nous, nous avons eu de la chance…Enfin, Isabel aurait pu être secourue elle aussi, vous savez.

-Comment ça ? s'inquiète le poulpe.

-Quand les pompiers sont venus nous chercher, elle était dans son jardin, elle courait comme une folle partout en hurlant. Sous nos yeux, ils ont essayé de la raisonner pour qu'elle vienne aussi, mais il n'y a eu rien à faire. Ils étaient deux mais ils n'ont pas réussi à la convaincre. Et puis avec toute cette eau… Il y avait beaucoup de courant, ils se déplaçaient mal. Ils ont appelé du renfort et nous ont fait monter dans une barque en lui précisant qu'ils allaient revenir. Elle n'était déjà plus là quand ils ont ramené Joël. En peu de temps c'était trop tard, son corps avait disparu ! Les pauvres pompiers, deux jeunes du village, s'en sont voulu longtemps. Ils ont pourtant risqué leur vie pour elle en la cherchant autour ! Y en a même un qui a fini par être emporté dans le courant. Heureusement, un habitant l'a sorti des eaux, plus bas, en le tenant par les cheveux ! Il était choqué mais en vie et totalement nu, c'est vous dire la force du courant qui avait emporté toute sa tenue ! Isabel n'a jamais été retrouvée…

Claudie secoue la tête, personne ne voudrait vivre cela, contre l'eau déchaînée on ne peut rien faire. Elle tourne la tête et avise Cerbère, heureux de gambader dans le jardin en friche. C'est alors qu'un cri phénoménal retentit à ses oreilles. Tombant presque à la renverse, Claudie découvre Joël près d'elle, de l'autre côté du grillage, qui se griffe les joues, le doigt tendu vers le chien. Il se met à vociférer :

-LE DIABLE EST LÀ ! LE DIABLE EST LÀ !

Et il tourne les talons aussi brusquement, s'enfuyant à toute allure, les gestes affolés, tel un pantin désarticulé.

Place de la Grand Font, un grand vent se lève. En cette matinée froide et grise de février, les deux principaux bars de la place sont quasi déserts. Même les joueurs de pétanque ont quitté les lieux, blottis dans leurs chaumières.

Quelques véhicules traversent la grande étendue de sable déserte, soulevant les feuilles mortes derrière eux. Dans un coin, entre les platanes, un petit nuage de sable semble flotter quelques instants au ras du sol puis, s'élevant comme par magie, il tourbillonne en prenant la forme caractéristique d'un petit cône, et enfle peu à peu.

Le vieux grincheux qui passe sa vie dans le café se frotte les yeux, hypnotisé par le phénomène. Il en oublie de porter son énième verre de blanc aux lèvres et reste immobile à contempler la tornade qui grossit sous ses yeux.

Le nuage de sable, devenu maintenant imposant, se déplace rapidement et se dirige vers la ruelle piétonne qui rejoint la Passerelle, avant de disparaître, comme par enchantement, aussi soudainement qu'il est apparu.

L'alcoolique se tourne vers ses congénères pour les interpeller, mais aucun d'eux ne semble rien avoir remarqué de spécial ; leur conversation a juste continué sans lui. Convaincu qu'il a peut-être rêvé, il hausse les épaules et s'enfile une dernière gorgée de Viognier.

11- Le journal de Thea -1976

La date approche, nous sommes toujours dans le noir. Babel joue la comédie de l'offusquée, maugrée au village qu'Emmy a fichu le camp alors que la gamine se terre dans sa petite chambre, sous clef. Emmy ne pose pas de questions, toute à sa future joie. Babel la laisse dire et me fixe de ses yeux porcins.

« Chut, c'est le secret ! »

Babel me fait des mystères.

Hier, elle est partie toute la journée en taxi. Elle m'a confié la tâche de veiller sur la petite, comme si le gros ventre pouvait s'enfuir.

« Elle complote sans toi ! Elle n'a pas confiance ! » crient les voix.

Ma sœur a précisé aller à Rochebesse, ce hameau si lointain. Emmy s'est alors mise à trembler : c'est là que la secte hippy sévit.

En lisant au salon, j'ai attendu le retour de ma sœur.

*Le soir, elle n'a pas été très bavarde.
Elle a rassuré Emmy pour lui dire que
le groupe qu'elle a volé ne la cherche
plus. Mais comment peut-elle en être
certaine ? En les payant peut-être ?*

*« Babel a acheté une poupée ! Vilaine
Babel ! Méchante Babel ! »*

*Les voix tentent de me vriller la tête
mais je hurle pour les faire taire.*

*C'est fou comme ma sœur est
changeante. Depuis quelques jours, je
lui trouve l'œil humide. Elle semble
affectée par la situation. Je l'entends
prier dans sa chambre tous les soirs.
Est-ce de la fatigue ? Aurait-elle des
remords ? Je la rassure du mieux que je
peux.*

*L'étrangère s'effraie de ce qui l'attend.
Je pourrais la rassurer en lui
racontant ma propre expérience, mais
ma sœur m'a interdit le moindre mot.
Elle reste à son chevet et je dois jouer
les bonnes à leur service, apporter de
l'eau chaude et des draps propres.*

La gamine se cramponne à ses jupes et Babel la regarde avec les yeux langoureux, le cil qui frise, la main qui caresse la joue. Les contractions ont commencé. Emmy souffre en silence. Elles ne forment plus qu'un, elles accouchent ensemble.

J'observe la scène, stupéfaite.

Oh Babel, à quoi joues-tu ?

Que se passe-t-il dans cette chambre, sous mes yeux ? Pourquoi es-tu si tendre avec cette étrangère, ma sœur ? Je te scrute, je te détaille, je te renifle. Et ce que je vois, perçois ou devine, me fait dresser les cheveux sur la tête.

J'ai tout reconnu, mais tu te trompes de cible, ma sœur.

« Babel aime ! Babel aime ! »

Alors nous sommes perdues.

La petite hurle de douleur. L'enfant va naître.

XI

Un vendredi après-midi de février 2015.

Remis de leur stupeur, Justin et Claudie ont pris congé du notaire et de son associé, sortis prestement de la maison, au son des hurlements du géant. Celui-ci n'est pas réapparu, poursuivi par la pauvre Violaine. Personne n'a compris ce qui se passait, et Cerbère ne semble pas perturbé qu'on l'ait montré du doigt et insulté. Il trottine devant les deux autres. Chez Claudie, à l'heure du café, le grand échalas étire ses grands bras au-dessus de sa tête. Le chien s'est écroulé sur le sol et ronfle à leurs pieds.

-Tu as compris quelque chose à la scène de ce matin ? demande celle-ci en jetant un regard amical à la bestiole.

-Joël craint les chiens.

-C'était autre chose, non ?

-Tu crois ?

-M'enfin, Justin, le type m'a vrillé les tympans !

-Mais tu oublies qu'il est autiste ; sa réaction te paraît disproportionnée mais pas de quoi en faire un fromage.

-C'est toi qui me dis ça ! Après toutes tes théories fumeuses sur ce chien ! explose la jeune femme.

Justin ouvre de grands yeux et éclate de son rire silencieux qui secoue tout son corps comme un épileptique. Puis il porte la tasse de café à ses lèvres en la fixant de son regard amusé. La jeune femme laisse les yeux l'observer sans broncher et attend qu'il se décide.

Il pose sa tasse et en souriant :

-Bon alors tu viens avec moi ?

-Où ça ? demande-t-elle

-Ben chez Lucie ! Allez, hop ! On y va ! Il faut battre le fer tant qu'il est chaud !

Il se lève et remet son manteau avant de passer la porte de la cuisine, entièrement absorbé par sa mission. Claudie fonce chercher sa doudoune. Cerbère l'attend à la porte, soudain en forme.

-Mais où est John ?

-Tu t'inquiètes comme une mère, c'est nouveau. Il est grand, il fait sa vie.

-Tu crois vraiment qu'on va trouver quelque chose ? demande la jeune femme en haussant les épaules.

-Tu crois trop, Mademoiselle Chance, lui dit-il en claquant le portillon derrière eux.

-Je t'ai déjà dit stop avec ce surnom malheureux, répond-elle les dents serrées.

-Il te va comme un gant. Depuis que tu es revenue, mes enquêtes tourbillonnent de chance. Même ce chien le sait.

Claudie reste perplexe, Justin reste une énigme.

Ils cheminent vers la demeure de Lucie, qu'on aperçoit au bout de la rue, après le pont qui enjambe le Bourdary, minuscule cours d'eau gonflé par les égouts du village. Le poulpe allonge le pas, comme un athlète, le chien trottine à son côté.

« Quand même, je vous aime bien tous les deux » pense-t-elle en les regardant.

Ses réflexions s'arrêtent là, devant la porte de la vieille dame que Justin a déjà ouverte. Elle le suit à l'intérieur, laissant le chien continuer sa route. Cerbère fait sa vie et visiblement, entrer chez Lucie ne fait pas partie de son programme.

Tout en montant le long escalier raide vers le deuxième niveau, une douce chaleur enveloppe la jeune femme, peu à peu.

Lucie Chauvet est dans son salon, un petit châle vert vaporeux sur les épaules et semble frétiller d'excitation. Sur la table basse, le thé et le café sont fumants mais elle ne peut se retenir d'entraîner Justin vers sa grande table en noyer ; sur le dessus elle a disposé des dizaines de photographies couleur ou noir et blanc et elle pépie déjà :

-Alors voilà, plutôt que de te sortir une photo isolée de cette jeune fille fugueuse, j'ai décidé mon cher Justin de te sortir comme une frise chronologique, de tous les personnages de l'époque, en lien avec les Baswell. Oh ! cela ne m'a pas pris beaucoup de temps, car vous le savez bien, mes chers enfants, ma marotte est de classer par années toutes mes photos. Donc voici ma frise qui débute ici en 1951 avec Théodora.

-C'est prodigieux, murmure Justin en transe devant les clichés.

Et la vieille dame s'écarte délicatement pour aller remplir au salon ses devoirs d'hôtesse. Le poulpe a juste oublié où il était et à quelle heure, il scrute les photos une à une sans les toucher, le nez collé au papier. Et c'est parti pour prendre des plombes.

Claudie en profite pour s'asseoir dans un des grands fauteuils moelleux ; chaque fois qu'elle vient ici, il fait trop chaud et elle est subitement prise d'une folle envie de s'assoupir. Elle laisse le poulpe s'agiter autour des photos et ira voir quand elle en aura envie. Lucie la regarde en clignant de l'œil, mutine, et toutes les deux sirotent leur tasse de thé brûlant, sans parler.

Au bout de quinze minutes, Justin se redresse et se tourne vers Lucie, l'interrogeant du regard. La vieille dame se redresse avec précaution pour le rejoindre et Claudie lui emboîte le pas, les oreilles grandes ouvertes. Lucie touche du doigt la première photo noir et blanc :

-Nous voici en 1951, et là à gauche c'est Théodora qui vient de rejoindre notre petit groupe amateur de peinture ; je pense qu'elles venaient d'arriver sur Joyeuse. Je ne sais pas comment Théodora a eu vent de notre association. Regardez quelle beauté c'était ! Sa compagnie était très plaisante, elle connaissait beaucoup de choses sur la peinture et elle parlait un français remarquable. Je crois qu'elles avaient eu une préceptrice française dans leur enfance.

-Donc peu à peu, elles s'intègrent.

-Oui et non. Tout le village était en émoi, des rumeurs folles couraient sur leur compte.

-Du style ?

-Oh voyons, je ne me souviens plus très bien mais il y a eu des rumeurs comme quoi elles étaient des voleuses, ou des princesses, qu'elles avaient trafiqué au marché noir en 1945, qu'elles étaient des criminelles en fuite, enfin toutes sortes de pensées dans ce genre ; mais certains disaient aussi qu'elles étaient d'anciennes résistantes qui avaient bien aidé la France pendant la guerre.

-Et vous ? Qu'en pensiez-vous à l'époque ?

-Je crois que cela m'importait peu. Bien entendu, j'ai posé quelques questions mais les sœurs Baswell ne répondaient jamais ou alors à côté. Elles étaient habiles à ce petit jeu, elles savaient parfaitement garder leurs secrets. Ce qui est certain c'est qu'elles ne voulaient pas rester en Angleterre. J'ai appris qu'elles avaient perdu leurs parents brusquement et s'étaient retrouvées trop jeunes à la tête d'un domaine et d'une fortune. De nombreuses années, une tante est venue gérer l'ensemble mais celle-ci était très vieille et à son décès, les deux sœurs ont préféré quitter leur patrie et leurs mauvais souvenirs pour notre petit village. Elles n'étaient pas mondaines, un petit village leur convenait parfaitement, et le climat assez doux, ici, était parfait pour leur santé. Pour ma part, je les trouvais bien raisonnables pour leur jeune âge.

-Oui, j'ai vu leur date de naissance, 1930, donc elles avaient vingt et un ans, indique Claudie. En même temps, quand on perd ses parents tôt, on devient adulte plus vite, par la force des choses, en quelque sorte…

-Et tu sais de quoi tu parles ma petite Claudie, renchérit la vieille dame en lui souriant.

-Donc elles étaient raisonnables et sages ? intervient Justin.

-Théodora était une jeune fille fraîche et enjouée, en dehors de ses crises, bien sûr, mais Isabel était déjà celle qu'elle a toujours été : celle qui décidait, avec peu de rires et de joies, entièrement tournée vers son jardin. Elle n'a pas eu la vie facile, devoir s'occuper de sa sœur si jeune, cela forge un caractère. Elle n'a jamais pu se marier…

-Elle avait un amoureux ?

Claudie manque d'éclater de rire devant l'expression du poulpe. Et d'ailleurs, Lucie laisse échapper un son cristallin avant de répondre :

-Oh non, ce n'était pas du tout son genre ! A vrai dire, elle fuyait les hommes et savait très bien y faire pour les repousser : peu féminine, et le mot sec. Il faut dire que la pauvre n'était pas trop gâtée par la nature, elle avait un visage plutôt ingrat. Regardez, là, j'ai quelques clichés, indique la vieille dame en montrant du doigt certaines photos.

Claudie se penche et constate, bien que l'image soit passée et mauvaise, qu'effectivement, les deux sœurs n'avaient pas leur physique en commun. Théodora apparaît souriante et mutine, de grands chapeaux sur ses cheveux ondulés, laissés libres dans son dos, la taille mince et le corps cambré ; tandis qu'Isabel présente une stature massive, courte sur patte, les cheveux noirs resserrés en un chignon austère, les yeux comme deux petites billes enfoncées au-dessus de grosses joues, les sourcils en barre et broussailleux, et une bouche minuscule au trait sévère.

-Théodora a eu des aventures ? demande Justin.

-Ouh, Justin, tu m'en demandes trop ! répond la vieille dame en rougissant. Je n'en sais rien du tout ! Je pense que cela a pu être possible. Cependant, il n'y avait guère que sa peinture et sa sœur qui comptaient à ses yeux.

Claudie tourne lentement autour de la longue table en noyer.

Leur hôtesse continue son histoire :

-Enfin, bref, chaque année, notre petit groupe de peinture organisait un goûter pour tous nous réunir aux beaux jours ; vous avez donc chronologiquement les photos de ces moments, de là jusqu'ici, indique-t-elle en touchant les clichés. Et on reconnaît bien Théodora et ses chapeaux là, là et là. Isabel ne peignait pas ; parfois elle venait, mais rarement. Sa passion à elle c'étaient les plantes et fleurs sauvages. Elle cultivait les plantes aromatiques et concoctait de délicieuses tisanes. Elle avait aussi un savoir impressionnant en phytothérapie, apprécié par le corps médical du village. C'était sa passion. Elles avaient d'ailleurs un très beau jardin de simples, comme on disait à l'époque. Mon dieu, aujourd'hui tout n'est que ruine, c'est d'une tristesse… Parfois, certaines années, vous ne trouverez pas Théodora sur les photos, parce qu'elle « disparaissait » en cure. Je pense à la lumière d'aujourd'hui qu'elle souffrait de schizophrénie, mais à l'époque on ne parlait pas de ces choses-là, et il n'y avait pas de traitements comme maintenant.

-C'est vrai que les deux sœurs ont l'air bien différentes ! On voit Théodora hilare qui pose avec ses pinceaux et dans un coin, sa sœur qui semble se cacher de l'objectif, s'amuse Claudie.

-C'est tout à fait ça ! Isabel détestait les photographies. Regardez, là on aperçoit un survivant, comme moi, parce que pour les autres, ils sont tous morts : c'était notre médecin de l'époque, le Docteur Chamoux.

Justin ne réagit pas, le nez toujours plongé sur les clichés.

Lucie continue :

-A partir des années soixante, Théodora a aussi rejoint un groupe bien plus important que nous-mêmes. Ils organisaient chaque année une quinzaine vers Antibes et elle y a souvent participé. C'est d'ailleurs étrange que sa sœur l'ait permis.

-La Côte d'Azur ? Tiens, tiens, tiens, murmure Justin. Mais comment Emmy a atterri chez les Anglaises ?

-Je n'en ai pas la moindre idée mon cher Justin, répond Lucie. Un beau jour, pouf, la jeune fille est là ! J'ai bien essayé de creuser la question mais tu penses. Isabel ne répondait rien et Théodora s'en fichait éperdument ! Elle balayait la question d'un revers de la main ! J'ai aussi essayé de tirer les vers du nez de mon élève mais je n'ai rien appris que ce que je vous répète : elle venait chez ses tantes parce

que ses parents étaient malades. Mais rien de plus !
Elle disait cela comme une machine, sans larmes ni
colère, et surtout elle n'a jamais émis l'hypothèse de
rejoindre un jour sa famille. Non, il y avait un avant,
maintenant elle était là et que dire de son futur ?
Cette petite était un puits sans fond de mystères et
de silences.

-Elle n'a jamais dit quel métier elle voulait faire, ou
quel rêve elle avait ? demande Claudie choquée.

-Absolument pas ! En tous cas, pas à moi. Elle
faisait ses devoirs avec application même si elle
n'était pas très douée, mais elle ne parlait pas, ne
disait rien de plus.

-Pensez-vous qu'elle avait peur ? demande Justin.

Lucie n'a pas besoin de réfléchir longtemps avant
de répondre :

-Oh je vois à quoi tu penses, mon cher Justin. Et je
peux t'affirmer qu'elle n'était pas du tout maltraitée
chez mes amies. Mais elle était un peu bizarre,
calme et distante… Mes amies la disaient souffrante
et fragile, mais je n'ai jamais su de quoi et puis à
l'époque, on ne posait pas de questions comme
maintenant, la bienséance, vous comprenez.
Maintenant nous avons soulevé l'autre jour la
possible explication de drogues mais je n'y connais
rien. Et cela ne répond pas à la question de savoir
d'où elle venait. Si nous avions son nom complet,
cela nous faciliterait la tâche…

Lucie semble se plonger dans ses souvenirs, tenant
ses visiteurs en haleine :

-Je me souviens parfaitement de la douleur et la tristesse des deux sœurs lorsqu'elle a disparu. Isabel était comme un fantôme après ce départ ; elle a fait comme une dépression et ne s'en est d'ailleurs jamais remise. Elle n'était déjà pas très sociable mais là, elle a tout simplement fermé sa porte à tout le village, recluse dans son jardin. Elle aboyait chaque fois qu'on lui parlait, elle ne décolérait pas. Elle n'a jamais pardonné. Théodora s'est beaucoup absentée dans les hôpitaux et sa sœur s'est coupée de tout le village peu à peu. D'ailleurs, je n'ai plus de photos d'elles après cette année funeste.

-Mais si elles étaient si touchées, elles n'ont pas essayé de la retrouver ? demande Claudie.

-Je ne sais pas, je ne pense pas, c'est curieux, tu as raison. Je ne sais pas ce que j'aurais fait à leur place, mais j'aurais peut-être questionné le village pour savoir si quelqu'un l'avait aperçue, ou engagé un détective privé ? Mais non, Isabel était en colère mais pas inquiète. C'est bizarre, cela ne m'a pas fait tilt à l'époque… Mais Isabel savait très bien mentir aussi.

Justin est rouge pivoine soudain :

-Comment ça ?

-A la lumière de ce que vous avez découvert, je réalise certaines choses, que je ne pouvais deviner avant. Par exemple, fin 1976, Emmy est absente de chez les Baswell. Je m'inquiète de savoir quand je reprendrai mes cours et Isabel me répond que ce n'est pas la peine, que la petite est retournée chez elle. Puis voilà Emmy qui réapparaît quelques temps

169

plus tard, et Isabel me rappelle comme si de rien n'était ! Emmy n'est restée absente qu'un ou deux mois. C'est bizarre, non ? Isabel m'avait donc menti en insistant sur le fait que la petite était repartie définitivement. Sinon, pourquoi était-elle à nouveau chez ses tantes ? Quand je suis revenue, la petite n'était vraiment pas en forme, elle avait perdu beaucoup de poids, son visage était émacié et elle pleurait sans arrêt. Mais elle ne disait pas pourquoi. J'étais inquiète, je lui demandais ce qui se passait, en vain, et les sœurs Baswell me disaient de ne pas m'inquiéter, que cela allait passer. J'ai pensé à une maladie. Mais peu à peu, effectivement, Emmy a recouvré la santé, repris un peu des joues et des couleurs. Pourtant, je trouvais qu'elle n'était plus la même. Que lui était-il arrivé ? Avait-elle une maladie grave, honteuse, ou des problèmes de drogue ?

-C'est une bonne question, chuchote Justin. Hormis des problèmes de drogue, qu'est-ce qui expliquerait que l'on se cache pendant quelques mois ?

Le silence se fait dans la pièce. Claudie écarquille les yeux en fixant la vieille dame aussi stupéfaite qu'elle, à la lueur des mêmes pensées qui germent en elles.

-Une grossesse ! Tu penses qu'elle a accouché pendant ces quelques mois ! s'exclame Claudie.

-J'en suis certain.

Claudie fulmine, comment peut-il en être aussi sûr ? Qu'y connaît-il lui, à la procréation ? Il doit en savoir plus sur Emmy que ce qu'il leur dit et se garde bien de le leur dévoiler.

La vieille institutrice lève son petit visage ridé vers le grand échalas et l'air inquiet demande :

-Vous pensez que je ne me serais rendu compte de rien ? Que je n'aurais pas vu son ventre grossir ? J'ai bien conscience que dorénavant il y a beaucoup d'exemples de ce type que l'on nomme dénis de grossesse, mais à l'époque… Pourquoi me le cacher ? Je venais souvent chez elles, comment n'aurais-je rien soupçonné ?

Justin la rassure :

-C'est toujours possible…Vous avez des photos de 1976 ?

-Oui, je crois, attends donc… Ah voici, j'ai celle-là ! Eté 1976 ! C'est ensuite qu'elle a disparu quelques mois.

Le trio se penche sur la photo ; il devait faire chaud car le bout de ciel qui apparaît est sans nuages, le paysage lumineux, mais Emmy pose dans une robe large à manches longues, debout derrière un rosier pompon couvert de fleurs.

« Sous une telle robe, on peut supposer tout et n'importe quoi, effectivement » se dit Claudie.

-Peut-être as-tu raison Justin, conclut la vieille dame. Regarde, le visage semble plus rond et moins fin que sur ce cliché, pris après son retour donc plusieurs mois plus tard. Mais je n'ai rien soupçonné, quelle tristesse… Qu'est devenu l'enfant ? Mais que fabriquaient les Baswell ? Mon Dieu, c'est horrible…

La vieille dame semble bouleversée par une vérité qu'elle n'avait jamais envisagée. Claudie a soudain de la peine pour elle mais demande, le nez toujours penché sur une autre photo :

-Mais vous la trouviez bien traitée ?

Elle n'arrive pas à décoller ses yeux de cette image bizarroïde : celle où seules Emmy et Isabel sont présentes dans le jardin. La jeune fille est assise sur une chaise d'extérieur tandis que la plus âgée est debout derrière, la tenant fermement par les épaules, comme menaçante. Aucune ne sourit.

« C'est moi ou je me fais des films, se demande-t-elle. Quelle drôle d'image avec ces deux personnages tristes au centre de ce jardin merveilleux ? Totalement antinomique ! » pense la jeune femme.

-Tu as raison Mademoiselle Chance, murmure Justin.

-Il est certain que cette jeune fille ne respirait pas la joie de vivre. Je ne l'ai jamais entendue rire. Elle était très discrète. Les rares fois où son visage s'éclairait, c'est quand elle allait rejoindre Joël au grillage. Ils restaient des heures tous les deux à chuchoter ensemble. Mais se rappelle-t-il tout ce qu'ils se sont dit ?

-En tous cas, on ne comprend rien à ce qu'il raconte, répond Claudie. Il parle en images. Ce matin il a hurlé que Cerbère était le diable.

-Oh ! s'exclame Lucie en se redressant. Comme c'est pertinent.

-Pardon ?

Mais la vieille dame ne répond pas, soudain concentrée par ce qui se passe à la fenêtre. Claudie interroge Justin du regard et celui-ci affiche un air béat qui la désespère soudain.

-Mes chers enfants, je suis fatiguée tout à coup, murmure l'ancienne institutrice.

Comprenant le message, mais à regret, Justin enfile son manteau et promet de revenir bientôt pour regarder à nouveau les photos. La vieille dame ne répond pas, elle hoche la tête et s'installe dans son fauteuil, leur tournant ostensiblement le dos.

En descendant les escaliers, Claudie ne peut s'empêcher de penser que décidément, tout le village est étrange ces derniers temps.

Cerbère les attend sagement dans la rue, assis sur son arrière-train.

Après avoir laissé Claudie rentrer chez elle en compagnie du chien, Justin traverse le village pour rejoindre son acolyte dans le café. Il entre en se frottant les mains glacées et avise l'autre qui l'attend sagement avec un soda.

-Salut La Baleine !

-Salut L'Echalas !

La même façon de se dire bonjour depuis des lustres.

Rapidement les deux compères deviennent très sérieux et s'engagent dans une longue discussion.

David a apporté une grande enveloppe avec lui et Justin feuillette distraitement les documents qu'elle contient, en hochant la tête.

Puis il donne de nouvelles directives à son acolyte.

Autour, les habitués fêtent le début du week-end, mais les deux comploteurs ne voient rien, uniquement concentrés sur leur enquête.

12- Le journal de Théa –1976

Clodomir est venu chez nous en catastrophe, ce soir, à la suite de mon appel. Avec Babel, ils ont travaillé toute la nuit comme s'ils aidaient une vache à vêler.

La gamine a accouché dans d'atroces souffrances. Nous n'étions pas trop de trois pour l'aider. J'ai trouvé l'expérience intéressante mais dégoûtante. Et tout ce sang...

Emmy a eu deux bébés, des jumeaux. Quelle surprise !

Aucun d'entre nous n'y avait songé. Maintenant que le calme est revenu, Clodomir ronchonne tandis que Babel reste immobile dans la cuisine. La petite, épuisée, dort, assommée par mes piqûres.

Il n'y a bien que moi de vaillante pour tout ranger et nettoyer. J'ai bien emmailloté les deux petits ballots el finalement, Clodomir est parti à l'aube en les emportant. Nous ne reverrons jamais plus ces nourrissons.

« C'est laid un bébé, ça hurle et rouspète tout le jour ».

Babel me répète en boucle ce qu'elle a convenu avec le serpent : dire à la jeune fille que ses bébés sont mort-nés. Je ne vois pas l'intérêt de ce nouveau mensonge. L'étrangère aurait dû y passer avec les enfants. Ma sœur a perdu le sens commun.

Quand la petite s'est réveillée, ma sœur lui a appris la mauvaise nouvelle. La petite a hurlé plus fort que mes voix. Babel craignait que les voisins n'entendent. Depuis elle demande à voir les petites tombes mais ma sœur la console et lui rappelle qu'elle doit d'abord reprendre des forces. Elles prient ensemble.

« Quelle farce ! Babel est une manipulatrice !»

Les jours se suivent, la petite reste alitée. Elle pleure ses enfants disparus, elle gémit et appelle son ange à la rescousse. Mais elle est seule. Nous sommes sa meilleure option. Avec le temps, elle comprendra, comme moi je l'ai compris. Pour combien de temps encore, cette malice ?

Je ne veux pas savoir. Les dés sont jetés. Après les enfants, nous nous débarrasserons de la gamine. Babel n'est qu'à moi.

Je tourne les talons ; il a neigé, je veux peindre la neige.

La gamine pleure encore.

XII

Un samedi matin de février 2015.

Claudie a passé une soirée un peu morne, toute seule, comme abandonnée. Elle en a profité pour appeler sa seule véritable amie, Isabelle, qui vit toujours à Montpellier. Elle comptait un peu sur la jeune femme pour lui remonter le moral, mais celle-ci ne pouvait pas rester longtemps attentive, son petit faisait ses dents, il hurlait aux oreilles de Claudie. L'échange n'avait pas duré et elle avait préféré lire un livre dans son lit.

Même Cerbère lui a fait faux bond, la laissant devant le portail pour vadrouiller à sa guise dans les alentours. Et la nuit n'a pas été meilleure : son cauchemar habituel est revenu la hanter. Celui qui la laisse à chaque fois avec comme un goût de bile dans la bouche.

De rage, elle balance ses draps et se lève promptement. Soudain, elle sait ce qu'elle va faire ce matin : rejoindre John dans son antre et discuter un peu plus en détail avec lui. Il sait des choses qu'elle ne sait pas, elle en est certaine.

Le pas alerte, Claudie remonte la rue du Freyssinet pour rejoindre le bas des Grads, là où la grande bâtisse carrée du vétérinaire décédé domine les maisons du quartier. Elle se souvient qu'elle a fait un nombre incalculable de fois ce chemin l'été dernier, parfois même en courant derrière Justin. La maison du vieux Chambon a une façade imposante et boucle une cour immense bordée de hangars et de granges en pierres. Derrière, il y a un petit bois où les gamins du coin aiment bien venir à vélo pour construire des cabanes. Claudie chemine en se demandant où est passé Cerbère ; depuis la veille, il n'a pas donné signe de vie. Est-il parti à nouveau ? Elle est forcée de constater que cela l'attriste.

Arrivée dans la cour, elle appréhende de s'y sentir mal à l'aise, envahie par ses souvenirs, mais non. Etonnée, elle admire tout le travail que John a réalisé en ces lieux autrefois si mal entretenus. Les barreaux des fenêtres ont disparu et toute la façade a été décrépie pour mettre à jour les belles pierres, des joints de couleur claire faisant ressortir leur teinte grise. Les huisseries ont été repeintes en rouge vif ainsi que la grande porte, égayant par touches la façade. Quelques pots de terre cuite accueillent des oliviers, encore petits mais vaillants avec leur belle ramure vert cendré. Sous le hangar, les tracteurs rouillés ont disparu pour faire place à une belle terrasse de bois sur laquelle se trouvent maintenant un salon d'extérieur, et plus loin une grande table et des chaises. Claudie n'en croit pas ses yeux, l'ensemble est devenu gai et avenant. Elle entend taper sur du métal dans la grange et se dirige vers les grandes portes entrouvertes. A l'intérieur, John tape comme un sourd sur une longue tige de métal en fusion, torse nu, près d'un four. Elle n'ose pas s'approcher mais l'Anglais a dû sentir sa présence parce qu'il stoppe brusquement, se retourne et l'accueille à bras ouverts :

-*Hi ! Claudie ! Tu vas-tu bien* ?

-Oui ! Mais c'est magnifique dehors ! Qu'est-ce que tu fais, là ?

-*Je répare une volet. Mais viens. Je continue après.*
Ensemble, ils se dirigent vers la maison et la jeune femme ne peut s'empêcher de le questionner. Il lui répond maladroitement, que la maison a été rachetée par un couple de Hollandais qui veulent la louer l'été, alors il doit se dépêcher de finir.

-*Là, on fait piscine ! Et là, une jardin de légumes. Ce devient fabuleux. Je suis heureux.*

-Tu es très doué de tes mains.

John exulte de joie. Claudie rougit de le voir si heureux.

« Il a vraiment un beau visage, fin comme celui d'une fille » se dit-elle.

Passée la grande porte d'entrée, l'odeur d'urine autrefois trop présente a totalement disparu, pour le plus grand soulagement de Claudie. Durant les travaux, une grande partie des cloisons a été abattue, libérant une pièce immense garnie d'une grande cheminée, insoupçonnée auparavant. La cuisine ouverte est sur la gauche tandis que le salon et la salle à manger occupent le reste de la pièce, le tout meublé d'objets chinés à l'aspect douillet. L'escalier vers les étages a été transformé par un bel ouvrage en bois. Claudie n'en revient pas, elle écarquille les yeux, bouche bée :

-Mais c'est toi qui as tout fait ?

-*Oh non ! Pas possible, trop difficile. Je fais petites choses.*

-T'as pas dû te régaler à tout vider ! Je me souviens de tout le fourbi qu'il y avait ici ! Parfois on ne pouvait même pas ouvrir les portes ! Et cette odeur !

-*Oui, très sale avant. Beaucoup ménage. Tu veux monter ?*

Tout en grimpant l'escalier, la jeune femme continue de le questionner :

-En vidant tout, par hasard, tu ne serais pas tombé sur le fameux cahier noir du vieux ? Tu sais celui que tout le monde cherchait ?

L'homme ne répond pas et baisse la tête. Claudie l'immobilise par le bras dans l'escalier.

-Tu l'as trouvé c'est ça ?

-*Non. Tu dois parler à Justin.*

-Pourquoi ? s'exclame Claudie.

-*Oui. Tu discutes avec lui, un jour.*

Claudie secoue la tête et ne répond rien. Mais elle bout à l'intérieur : ce fameux cahier, ils l'ont cherché l'an passé de nombreuses heures. Même les gendarmes s'y étaient mis. Le vieux avait précisé qu'elle devait le retrouver, qu'il y avait des révélations pour elle à l'intérieur. Et des révélations pour tout le village. Et voici que son meilleur ami l'a peut-être en main mais qu'il ne l'a dit à personne ?

« Justin, es-tu vraiment un ami ? » se demande-t-elle, « pourquoi omettre ta découverte ? ».

Elle secoue la tête et suit John dans les escaliers.

L'étage, qui dans le temps n'était qu'une pièce vide, s'est transformé en une suite de chambres et de salles de bain, spacieuses et claires, à la décoration soignée.

« Les propriétaires ont du goût, mais je préfère mes vieilleries » se dit la jeune femme en découvrant tous les ajouts modernes et coordonnés qui décorent les murs et les sols.

Au second enfin, sous les toits, maintenant parfaitement isolés et propres, de petites chambres colorées accueilleront des enfants. C'est là que John a établi son lit, dans la dernière pièce qui sert de salle de jeu ; Claudie avise un matelas au sol et un vieux sac à dos tout fripé. Elle sent la colère monter en elle :

-Tu ne peux pas dormir dans les chambres ?

-*Oh si* ! s'écrie John en riant. *Mais moi j'aime ici.*

Claudie secoue la tête, décidément, elle ne comprend pas cet homme.

Ensemble ils redescendent lentement vers la cuisine où John lui propose un thé. Il fait bon dans la bâtisse, l'ensemble des travaux a dû coûter une fortune. Le vieux n'avait presque pas l'eau courante et se chauffait à un vieux poêle. Il faisait ses besoins en pleine nature. Elle n'en revient pas des transformations.

-*Tu voir la maison Baswell* ? demande John.

-Oui ! Hier matin. Et j'y ai vu une belle baignoire, lance Claudie d'un air mutin.

-*Ah ! Ah ! Je dors une nuit seulement.*

-Tu as eu peur de te faire sortir par les gendarmes ?

-*No. Mais maison humide. Et mauvais esprits.*

Claudie ne répond pas ; le gars a l'air porté sur l'ésotérisme, un truc qui ne la branche pas plus que ça.

-*Justin trouve* ? interroge l'Anglais.

-Que dalle. Il a préféré traîner dans le jardin. Et Joël nous a fait une belle frayeur : il hurlait le diable en voyant le chien.

C'est le moment que choisit Cerbère pour faire son entrée. Claudie ne peut s'empêcher de crier :

-Le diable ! Le diable ! en imitant assez mal Joël.

Mais personne ne rit. Le molosse continue de trottiner vers eux et John de froncer les sourcils pour la comprendre. Elle hausse les épaules et secoue la tête.

Son téléphone sonne dans la grande pièce :

-Allô ? demande Claudie.

-Tu es où ? demande le poulpe.

-Cela ne te regarde pas. Et elle enchaîne d'une voix sévère : tu ne m'as pas parlé du cahier de Chambon. Tu l'as retrouvé ? Depuis quand ? Il va falloir qu'on discute, toi et moi !

-Les choses bougent Claudie, les choses bougent ! J'ai retrouvé Chamoux ! Maintenant je cours chez Ginette, la copine de Brigitte ! Je passe chez toi ce soir !

Et il raccroche sans manières.

-*Justin* ? demande l'anglais.

Claudie hausse les épaules, dépitée.

Ils ont fini le bon thé anglais et Claudie sent que John trépigne de reprendre son activité. Elle l'accompagne avec Cerbère jusqu'à la grange où, sans lui dire au revoir, l'homme empoigne ses outils et se remet à taper comme un sourd. La jeune femme se dit qu'elle ne côtoie que des malotrus et rebrousse chemin. Cerbère préfère rester dans la grange, et dans le bruit.

« Même ce clébard est mal élevé ! »

Claudie resserre son manteau et repart en ronchonnant mais elle n'a pas fait cent mètres que Madame Kléber, la voisine, l'interpelle :

-Bonjour !

-Oh ! Bonjour madame Kléber.

La jeune femme voudrait fuir la potinière, qui passe ses heures à observer le mouvement dans la rue, mais celle-ci lui ouvre grand sa porte et l'encourage sans équivoque :

-Il fait froid dehors. Venez donc vous mettre au chaud.

Claudie pénètre dans la petite maison, se disant qu'on pourrait en faire un musée de la Dentelle. C'est bien simple, il y en a partout. Aux fenêtres, sur les buffets, les tablettes en bois, les accoudoirs des fauteuils du salon, sous le pied des lampes… Des kilomètres de dentelle crochetée immaculée. La vieille dame propose un café mais Claudie ne peut accepter sans voir sa vessie brusquement éclater. De plus elle ne souhaite pas rester trop longtemps.

-Vous avez vu ce qu'ils ont fait avec la maison de Chambon ? Ah c'est sûr qu'ils ont bien travaillé. Moi je n'aime pas trop toutes ces choses modernes, mais il faut reconnaître que maintenant c'est joli, cela fait propre ! Et puis ce garçon est très gentil. Il ne comprend pas bien ce qu'on lui demande mais il dit toujours bonjour. Bon parfois, il se dispute, je ne sais pas avec qui, mais il fait un de ces foins ! J'ai eu très peur la première fois alors j'ai appelé les gendarmes. Mais ils ne sont même pas venus ! Si on ne peut plus compter sur eux !

-Il ne se dispute avec personne, vous savez. C'est juste qu'il a des migraines.

-Ah ? Mais c'est étrange ces cris. J'étais certaine qu'il se disputait avec quelqu'un… Bon alors vous avez retrouvé cette petite ?

-Absolument pas. Elle a bien existé mais a brusquement disparu.

-Quelle histoire ! Et c'est leur nièce ?

-A priori non. Mais rien n'est sûr, les sœurs Baswell étaient bien secrètes…

-Oh que oui ! Moi je n'ai pas connu l'aînée, Isabel, mais je visitais toutes les semaines Théodora au Cantou. D'ailleurs, elle n'avait pas d'autres visites. Elle était contente de me voir. On dit qu'elle était folle, mais elle me reconnaissait et ses paroles étaient sensées, enfin, la plupart du temps. Parfois elle s'endormait un peu, elle fatiguait vite mais elle était si drôle ! Elle me parlait de son enfance, des jardins anglais que sa sœur aimait, de sa peinture.

-Elle vous a parlé de leur départ d'Angleterre ?

-Un peu, pas beaucoup. Elle disait que c'était leur faute. Je crois qu'elles ont fait quelque chose de très grave, enfin surtout la sœur. Elle avait l'air affreuse cette Isabel ! Théodora répétait qu'elle empêchait tout, qu'elle ne supportait rien. Mais elle l'adorait. Les familles sont parfois étranges non ?

« Ah ben, elle devait pas supporter les vieilles pies, ça c'est sûr » se dit Claudie. Tout à coup elle a une illumination :

-Elle vous a déjà parlé de son journal intime ?

-Oh mais oui ! s'exclame madame Kléber ravie. Il devait y avoir plusieurs volumes je crois. Elle l'écrivait tous les jours ! D'ailleurs, elle était désespérée car au Cantou, ils refusaient de lui donner un stylo et du papier, sous prétexte qu'elle risquait de se blesser ! Quel ridicule ! C'est fou comment on traite les vieilles personnes de nos jours.

-Mais ces cahiers, vous savez ce qu'elle en a fait ?

-Hum, en y repensant, je crois me souvenir que sa sœur en avait la garde. Théodora disait souvent qu'il ne fallait pas vendre la maison parce que toute sa vie y était écrite. Ils ont probablement fini dans la rivière. Quelle tragédie…

Claudie ne répond rien, elle pense comme la vieille dame que ces cahiers sont perdus pour toujours.

En douceur, elle prend congé de Madame Kléber et continue sa route jusque chez elle, la maison aux volets blancs qu'elle aperçoit au loin.

Elle a tout à coup envie de calme et d'un grand feu. Un grand feu d'enfer.

Justin est ravi. Le docteur Chamoux n'a pas perdu la tête. Il a confirmé le diagnostic de Théodora, schizophrène, et ajouté qu'elle était stérile à la suite d'un avortement clandestin catastrophique. Isabel aussi ne pouvait avoir d'enfants, mais de façon naturelle, physiologique, pour cause de malformation utérine. En revanche, il ne s'occupait pas d'Emmy, même s'il se souvient l'avoir rencontrée en venant chercher Théodora. Il n'a pas de souvenir précis concernant la période où la jeune femme semblait souffrante, ni même qu'elle ait disparu. Il devait être absent à ce moment-là. De toute façon, les sœurs Baswell ne voulaient pas qu'il ausculte Emmy, elles prétendaient que la jeune fille ne voulait avoir affaire qu'à des médecins féminins et a donc supposé qu'elle était suivie par une consœur.

Sa visite chez Ginette, demoiselle du téléphone, a été fructueuse. Pas sûr que ces informations lui apprennent où s'est cachée Emmy lorsqu'elle s'est enfuie, mais elles apportent un nouvel éclairage sur son passé probable et sur d'autres pistes qu'il suit également.

Le grand échalas se frotte les mains en prenant congé et court s'enfermer dans sa chambre sous les combles. Il faut maintenant qu'il consulte les écrits du grand cahier noir, le fameux cahier de Clodomir Chambon. En souriant il se souvient des paroles de Claudie au téléphone : maintenant elle sait, sûrement parce que cet innocent de John a dû lâcher le morceau. Cela lui importe peu, au contraire.

Le poulpe tourne fébrilement les pages dactylographiées. L'ensemble paraît un ramassis de notes, une multitude de colonnes chiffrées et de noms sans lien. Mais il a découvert comment décoder le tout. Le vieux avait un système.

Ce cahier est en réalité une mine d'or.

13- Le journal de Théa –1976

Pour sa protégée, ma sœur est devenue infirmière.

Elle fabrique toute la journée ses breuvages de sorcière et les fait boire à la môme. La petite va finir comme une baudruche remplie d'eau.

Ses larmes se sont taries et je n'aime pas beaucoup la lumière que je lis en ses yeux quand Babel lui tourne le dos.

Avec Babel, nous en avons discuté l'autre soir. Ma sœur hausse les épaules et dit que je me fais des idées.

« Attention ! Garde les yeux ouverts ! » Babel passe tout son temps avec Emmy, elle me néglige. Quand je lui demande quels sont ses projets, pourquoi garder la fille avec nous, que nous n'en avons pas besoin, elle ne me répond pas.

« Babel a une poupée ! Vilaine Babel !».

Je les regarde, l'une qui roucoule devant sa chose et l'autre qui lui suce la moelle comme une sangsue, les yeux fouineurs comme à la poursuite de la moindre faille pour s'échapper. Car la gamine va s'échapper de sa prison dorée, j'en suis sûre. Les voix me le répètent chaque jour : « elle veut s'enfuir, elle va s'enfuir ».

Oh Babel, es-tu devenue aveugle ? Quel breuvage insensé as-tu avalé ?

Si cela ne tenait qu'à moi, je l'aiderais.

« Ne bouge pas, ne dis rien. Chut c'est un nouveau secret. »

J'ai profité de l'heure de la messe pour visiter la petite, enfermée dans sa chambre. Elle dit qu'elle partira bientôt, qu'elle ne veut pas nous déranger, qu'elle voudrait se recueillir sur la tombe de ses bébés.

Babel revenue de l'église se tourne vers Emmy qui supplie qu'il faut la soigner, l'aider encore. Mais les yeux ne disent pas la même chose que sa bouche.

Moi j'y lis de la haine.

Elle nous manipule.

« Qui a vendu la mèche ? »

Les nuages noirs s'amoncellent au-dessus de notre maisonnette et Babel ne voit rien.

« BABEL ! Réveille-toi ! »

Les voix hurlent à nouveau et je dois les faire taire.

Babel prépare ma seringue.

XIII

Un samedi après-midi de février 2015.

Claudie entretient le feu dans sa cheminée, qui crépite joyeusement, dégageant une chaleur douce, parfumée à la résine de pin. John est venu tailler la vigne, accompagné du grand chien qui trotte à ses côtés entre les ceps. Hervé Pichon a promis de passer l'aider dans peu de temps, et la jeune femme est certaine que Brigitte sera de la partie. Mentalement, elle se prépare aux monologues de l'ancienne dame de compagnie, monologues qui jaillissent au rythme d'une mitraillette. Elle ne sait pas si elle pourra y résister longtemps, elle a plus envie d'être seule sans réfléchir. Mais tant qu'elle n'aura pas la conscience tranquille, elle ne pourra pas avancer sur son livre. Elle soupire. De sombres pensées l'envahissent, la trahison de Justin la peinant plus que de raison. Claudie déteste qu'on se foute de sa gueule.

Des petits pas rapides résonnent sur la terrasse et la porte de la cuisine s'ouvre brusquement. Avant même de voir Brigitte, Claudie l'entend :

-Bonjour ma petite Claudie ! Où es-tu ?

-Dans le salon !

La brave Brigitte la rejoint en retirant sa toque de fourrure et son gros manteau, le visage souriant et les frisettes en ébullition.

-Alors, comment vas-tu ? Et sans attendre la réponse : si je te faisais une belle tasse de thé ?

Depuis la cuisine, Brigitte enchaîne :

-J'ai laissé les hommes dans la vigne ! Les pauvres, il fait si froid, ils vont avoir les doigts gelés ! Et encore, bienheureux si aucun ne se coupe un doigt avec les sécateurs !

La charmante dame de compagnie réapparaît portant un grand plateau avec thé, scones et tasses, qu'elle dépose avec précaution dans le salon.

-J'ai acheté des petits gâteaux aux Vans, je me suis pensé qu'aujourd'hui c'était parfait.

Le silence se fait dans la maison, les deux femmes regardent le feu qui crépite en savourant leur Earl Grey. Finalement, la plus âgée se redresse :

-Bon, Justin t'a raconté notre visite chez Ginette, la collègue de travail de maman ? Tu sais, celle qui répétait partout qu'elle notait les conversations téléphoniques qu'elle transmettait ?

-Non, il ne m'a rien dit.

-C'était incroyable ! Moi j'ai toujours pensé qu'elle bluffait pour faire parler les gens, tu vois, pour leur faire peur, eh bien pas du tout ! Elle notait tout ! Alors côté cervelle, impossible d'avoir une conversation avec elle maintenant, la pauvre rabâche toujours la même histoire et je crois bien que ses enfants lui ont pris un ticket pour le Cantou. Mon Dieu, comment on devient en vieillissant ? C'est atroce. Qu'est-ce que je disais ? Ah oui ! Dans la cave, Justin a bien trouvé les notes qu'elle prenait ! Y avait une telle quantité de cartons ! Quel bazar. Bon, nous avons eu du mal à extraire les notes qui nous intéressaient parce qu'il y en avait tellement. Et surtout que ce n'était absolument pas classé. Mais c'est une mine d'or là-bas ! J'ai retrouvé les noms de gens, depuis si longtemps disparus et leurs petites affaires, leur quotidien, c'était émouvant… Même la trace de mes parents à moi. Heureusement, je n'ai pas trouvé de squelettes dans le placard comme on dit !

Brigitte éclate de rire seule. Un ange passe.

Puis le monologue reprend :

-Il y avait tellement de notes prises sur de petits bouts de papier, nous avions chacun notre tas avec Josette, sa fille. Mais c'est moi qui ai trouvé à chaque fois ! Et puis je lisais plus facilement les pattes de mouche, c'est l'avantage de mon âge, à la fin, les vieux écrivent tous pareil. Avec mon métier, j'en ai lu des petites notes de courses quasi illisibles ! Toute ma vie ! Ah ça oui ! Bon mais qu'est-ce que je disais moi ? Ah oui ! Figure-toi que le vieux Chambon téléphonait souvent à Isabel. On a trouvé une quantité de traces de ses appels ! Il est toujours au milieu celui-là ! Remarque, il a tellement trafiqué avec tout le monde… C'était une personnalité dans le village quand même. Au début, Justin pense que c'était parce que l'Anglaise fournissait des tisanes, pour faciliter les avortements, dont tu sais que le vieux grincheux faisait commerce sous le manteau. Mais fin des années soixante-dix, celles où Emmy était au village, c'est Isabel qui a fait appel à lui. Je n'ose pas imaginer de quoi ils étaient capables ces deux-là. Après j'ai trouvé le relevé où Isabel demandait à mon père de l'emmener vers Rochebesse. Ça c'était en soixante-seize, donc au début de l'arrivée d'Emmy, puis à nouveau elle commande un taxi, toujours mon père, pour ce même village, mais en soixante-dix-sept. Qu'allait-elle faire là-bas ? Quoique, après, il y a eu le casse du Crédit Agricole et la communauté a été en grande partie démantelée. Justin pensait aller rendre visite aux derniers habitants du village, pour poser quelques questions. Tout cela est tellement vieux ! Justin se demande si Emmy ne venait pas de là-bas et alors il est très possible qu'elle y soit retournée. En tous cas, il avait le projet d'y aller faire un tour, mais je ne sais pas quand. Tu voudras peut-être l'accompagner ?

Claudie réfléchit puis répond:

-Je ne crois pas, non. Tu sais, les enquêtes de Justin, moi… Dis-moi Brigitte, tu te souviens du cahier noir de Clodomir dont tout le monde parlait cet été ?

-Non, cela ne me dit rien. C'est quoi ce cahier ?

-Une sorte de registre de ses activités clandestines. Il devait faire chanter les gens avec.

-Ça ne m'étonnerait pas de ce monstre. Heureusement, désormais il n'est plus, il ne fera plus le mal.

-Je n'en suis pas sûre… Car Justin possède ce cahier, c'est John qui me l'a dit.

-Mais c'est très bien ça ! Il vaut mieux qu'il soit entre les mains de Justin que de n'importe qui d'autre ! Tu sais comme moi, que jamais il ne fera chanter quelqu'un.

-Oui, mais dedans il y a des choses qui me concernent.

-Comment ça ? demande Brigitte l'air surpris.

-C'est ce que m'a confié le vieux sur son lit de mort. Il m'a conseillée de retrouver son cahier parce que nous étions liés lui et moi et que je trouverais des explications de mon passé dans ses foutus papiers.

-Des explications ? De quoi ? C'est étrange… Que viens-tu faire là-dedans ? Je sais bien qu'il a violenté Alice ton aïeule, dans sa jeunesse, mais pas ta grand-mère, ni tes parents, non, impossible… Il devait délirer. Tu ne devrais pas te tourmenter.

-Mais c'est là le problème, Justin a ce fichu cahier depuis des lustres, il m'en parle à demi-mot mais me le cache. Comme tant d'autres choses.

-Oh non, Claudie, tu ne peux pas penser ça de Justin, je le connais depuis des années, jamais il ne ferait du mal ! Ne vois pas les choses comme ça ! S'il ne veut pas te parler du cahier, c'est qu'il a une bonne raison. Ne t'inquiète pas, fais-lui confiance. J'en mettrais ma main à couper ! Et puis si tu tiens cette histoire de John, tu as pu mal comprendre, parfois, moi je ne comprends rien de ce qu'il dit, et pourtant, il ne parle pas beaucoup. Tu l'aimes bien, toi, ce garçon ? Moi je le trouve bizarre…

Claudie ne répond pas, secoue la tête et sourit à Brigitte qui la scrute de ses petits yeux inquiets. La dame de compagnie retrouve sa bonne humeur :

-Bon, la nuit ne va pas tarder à tomber et Hervé doit m'attendre ! Veux-tu une autre tasse de thé ?

-Merci Brigitte mais non, je vais me lever toute la nuit sinon.

Les deux femmes se sourient et s'embrassent, puis Brigitte enfile son manteau et ajuste sa toque avant de sortir en faisant un dernier coucou de la main.

Claudie s'approche de la fenêtre et rêvasse en apercevant au loin les hommes penchés sous la bruine, le nez dans les ceps de vigne et la brave Brigitte qui les rejoint.

Cerbère a disparu.

Comme le lui a montré Hervé, John s'applique à compter les nœuds des tiges avant de couper d'un coup sec le sarment. Le temps passe et peu à peu, le geste devient mécanique, plus fluide et plus rapide. Il avance presque au même rythme que son guide qui a effectué ce travail toute sa vie.

Ses pensées vagabondent.

Il est conscient que Claudie les soupçonne, lui et Justin, sans savoir de quoi exactement mais il redoute le moment de vérité. Il se souvient comme la nouvelle l'a anéanti, lui-même, il y a quelques mois. Alors comment Claudie surmontera-t-elle tout cela ? Elle est très émotive sous ses airs bravaches. Il se sent responsable d'elle, parce qu'elle est devenue terriblement importante à ses yeux au fil du temps, et il ne voudrait pas la perdre. Mais il ne sait pas bien comment faire, le genre féminin lui a toujours fait peur, les rares femmes qu'il a connues lui ont toujours paru complexes. Pourtant Claudie est différente. Est-ce pour cette raison qu'il sait véritablement qu'elle doit faire partie de sa vie dans le futur ?

John sourit sous le crachin gris, continuant seul après le départ d'Hervé.

14- Le journal de Théa –1977

Le temps est à la mélancolie. Je continue d'explorer les couleurs et les paysages alentour. Mais je n'ai plus le même entrain.
Nos secrets pèsent.

J'observe ma sœur ternir elle aussi, lentement, enfermée dans ses pensées, aux côtés de sa protégée devenue comme transparente.
Emmy a bien repris des forces mais n'accompagne plus Babel au jardin. Elle ne fait plus rien, assise dans un fauteuil sous un plaid, les doigts noués, le regard perdu au loin. Une lente dépression.
Seuls les moments avec le voisin semblent la réveiller de son long songe. Avec lui elle sourit le long de la clôture. Babel fulmine en silence à portée de vue.
La gamine nous snobe et moi je guette. Nous jouons au chat et à la souris, sans

rien nous dire. Chacune attend le faux pas de l'autre.

« Combien de temps ? »

Il n'y a que Babel qui ne joue pas, entêtée dans son quotidien, toujours attentionnée comme une louve pour sa protégée. Elle la couvre de cadeaux, lui brosse les cheveux, lui caresse le visage. L'autre ne dit rien, elle se laisse faire, mais je le sais, elle déteste ces gestes, cette sollicitude. Je l'ai vu dans ses yeux. Et je lui rends son regard : ne me prends pas pour une sotte.

Les voix nous mettent en garde.

Je te l'ai dit Babel ! Je t'ai prévenue ! Mais mes paroles glissent sur toi. Tu me souris et me répètes de ne pas m'en faire. Que le temps aplanit tout. Mais tu as tort, tu as tort.

« Babel est comme sourde. Attention, garde les yeux ouverts ».

Méfie-toi petite, nous sommes deux, depuis si longtemps. Tu ne fais pas le poids, personne ne fait le poids.

XIV

Un dimanche matin de février 2015.

Claudie s'est levée plutôt en forme.
Le temps ne s'est pas vraiment mis au beau, puisqu'il ne pleut plus, mais le ciel est encore gris et chargé. Hier soir, en rentrant de la vigne, John a bien remarqué l'air revêche de son amie. Alors il s'est enfui. Claudie a attendu que Justin passe la voir, mais il n'a donné aucun signe de vie. Même Cerbère n'a pas reparu. Finalement, Claudie s'est endormie devant le feu de cheminée sur son canapé ; elle devait être épuisée. Elle se fustige mentalement de ce laisser-aller, se souvenant que dans sa famille il était totalement impensable d'oser finir la nuit hors de son lit, comme une mendiante.
Elle se lave rapidement et s'habille, prête à s'installer devant son ordinateur pour continuer ses recherches sur les « déracinés de la Creuse ».

Elle a à peine le temps de poser ses fesses sur la chaise que son téléphone sonne dans le salon. En pestant, la jeune femme se lève et attrape l'engin de malheur : c'est un appel de Justin. Elle décroche mais éloigne bien vite l'appareil de son oreille, car la voix du poulpe hurle à ses tympans :

-Claudie ! Viens vite, il faut que tu voies ça ! La MAISON BRULE ! La maison des Baswell brûle ! Et il raccroche aussitôt.

Sans réfléchir, elle s'empresse d'enfiler sa doudoune et de fermer sa porte à clef et la voilà qui se met à courir dans les rues du vieux Joyeuse jusqu'à la place de la Grand Font. Elle pourrait prendre sa voiture, mais elle n'irait pas plus vite dans les ruelles étroites. Les cloches de l'église sonnent les dix heures tandis que la sirène des pompiers hurle sans discontinuer. C'est un chaos sonore qui l'accompagne toute sa course, la laissant essoufflée à l'entrée de l'impasse qui mène à la maison des sœurs Baswell.

Une foule dense s'agite à ce niveau, formant un gros bouchon, et la jeune femme, trop petite, ne peut que tendre le cou en se hissant sur la pointe des pieds pour apercevoir un peu mieux ce qui se passe. Elle distingue au loin un gros camion rouge qui bouche le chemin et au-dessus, des flammes énormes qui s'élancent vers le ciel. Le brasier est impressionnant, il dégage une chaleur intense qu'elle ressent même si loin. La foule autour se dandine pour mieux voir, tandis que chacun y va de son commentaire :

-Ben dis-donc, c'est un sacré feu tout de même !

-Ouais, je me souvenais pas qu'il y avait autant de bois dans cette baraque pour que ça flambe autant !

-Tu crois que c'est un attentat ?

-J'espère bien que non !

-Un mégot ça aurait pas pu allumer un brasier pareil ! Surtout avec le temps qu'il fait !

-Et si c'étaient des terroristes ?

-C'est la faute de tous ces gamins qui font n'importe quoi !

-Sûr qu'ils ont voulu squatter la bâtisse et ils y ont foutu le feu.

-Ben, vaut mieux que la Théodora soit morte et enterrée, sinon on aurait eu droit à une belle crise de nerfs !

-Les voisins doivent trembler. On voit pas bien d'ici.

-Mais dis-moi, y a pas le débile chez les voisins, tu sais là, ce grand bizarre… lui aussi il aurait pu mettre le feu…

-Ouais, il est dangereux ce garçon. Et sa sœur, elle est trop douce pour le gérer. Elle devrait le faire enfermer, on serait plus tranquille. T'imagines s'il remet ça ?

Claudie écoute et se retient d'intervenir.

« Que les gens sont méchants » se dit-elle.

Elle lève toujours la tête pour tenter de voir autre chose que le gros camion. Il semble d'ailleurs que les flammes soient moins hautes maintenant, le bruit du brasier a fortement chuté et le feu semble circonscrit peu à peu. Une multitude de cendres volettent dans l'air, se déposant sur les toits alentour puis plus bas, sur les gens et jusqu'au sol. Le spectacle semble moins intéressant tout à coup. La foule se disperse mollement en grappes éparses et Claudie aperçoit l'immense Justin qui vient vers elle, fendant les curieux comme s'ils n'existaient même pas. Derrière lui, se dresse Joël, tenant Violaine par la main, et fermant la marche, Arthur Morino, le brigadier-chef de la gendarmerie locale. Les badauds s'écartent silencieusement, en baissant les yeux.

« Mince ! se dit Claudie, les gens avaient raison, il a fichu le feu ? »

Passant devant elle, Justin lui lance :

-Viens avec nous.

Mais il ne ralentit pas. Arthur lui sourit et la prend par le bras avec délicatesse, l'entraînant dans son sillage. Le petit groupe s'engouffre dans le café le plus proche et le gendarme demande à investir la petite salle du fond, pour qu'ils soient bien tranquilles.

Au fond du café, ils s'assoient tous autour d'une table, et referment la porte derrière eux. Le géant Joël se tient un peu à l'écart derrière sa sœur. Celle-ci se met à pleurer, se cachant le visage avec les mains. Claudie n'ose rien demander, elle écarquille les yeux tandis que Joël l'observe derrière ses cheveux gras. Mais il ne lui fait plus peur.

-Bon, entame Arthur, on va se calmer tous un peu, les pompiers vont avoir fini. Violaine, ne vous inquiétez pas, je veux juste vous poser quelques questions, loin de la foule et en sécurité. C'est tout à fait informel, ne vous inquiétez pas.

Justin a croisé ses grands bras maigres et regarde une mouche collée au lustre. Il ne bouge pas. Violaine essuie ses larmes avec une serviette en papier que le gendarme lui tend et lui sourit en tentant de retenir ses pleurs.

-Bon, vous confirmez que c'est vous qui avez averti les pompiers ? attaque le gendarme.

-Oui.

-Vers quelle heure ?

-C'était vers neuf heures trente, je préparais le petit-déjeuner de mon frère, il se lève toujours vers cette heure-là.

-Continuez.

-J'étais dans la cuisine en train de préparer ses céréales quand tout à coup il a commencé à hurler. Je suis allée le voir en courant, il était devant la fenêtre et il hurlait en montrant l'extérieur du doigt. J'ai regardé au-dehors et j'ai vu de la fumée sortir des volets fermés. Puis tout à coup, cela s'est transformé en un énorme brasier. J'ai appelé les pompiers immédiatement. Mais je ne comprends pas comment on est passé de fumée à ces flammes énormes… J'ai eu une de ces peurs !

-Oui, j'imagine.

-Ce n'est pas lui ! s'exclame-t-elle brusquement. Je sais bien ce que tout le monde pense, mais ce n'est pas lui, c'est impossible ! Il était avec moi ! Il ne peut pas se défendre et tous vont lui reprocher ce feu, mais c'est impossible, ce n'est pas lui !

-Je vous crois, moi et nous tous ici. Avez-vous vu quelqu'un qui sortait de la maison ou du jardin ?

-Non, personne. Mais peut-être que Joël, oui, puisqu'il était à la fenêtre ?

-Alors il va falloir lui demander.

Ils se tournent tous vers le géant qui n'a pas bougé d'un millimètre et qui tient encore le bas du pull de sa sœur, comme accroché à un doudou, et le regard en douce toujours fixé sur Claudie.

Justin se penche vers Claudie et lui murmure à l'oreille :

-C'est à toi, vas-y.

-Quoi ? demande-t-elle interloquée.

-Oui, vas-y. Sa sœur a déjà essayé et il ne répond pas. Je te parle même pas d'Arthur. Tu es notre dernière chance…

Joël semble se réveiller et fronce les sourcils. Arthur sourit à la jeune femme et lui fait signe du menton d'engager la discussion. Claudie hésite, elle ne sait pas quoi dire ; elle se force à sourire tout d'abord puis prend sa plus jolie voix :

-Bonjour Joël.

L'homme ne répond pas, il la regarde toujours, les sourcils froncés.

-Hum, tu veux bien me parler du feu ?

Il tressaille comme s'il se réveillait d'un lourd sommeil aux yeux ouverts ; ils sont tous suspendus à ses lèvres. Claudie se demande si elle doit relancer encore l'homme-enfant, lorsqu'il se décide enfin, d'une petite voix :

-C'est un grand feu. Le feu c'est beau.

-Euh oui, c'est un grand feu, c'est vrai. Quelqu'un a dû l'allumer ce feu, tu ne crois pas ?

-Oui. Avec de l'essence.

Stupeur dans le café. Même les mouches s'immobilisent sur le lustre.

-Comment le sais-tu ? chuchote Claudie.

-Oh oh ! éclate le géant en riant comme un dément. Il avait de l'essence !

-Qui ? Qui avait de l'essence ? demande Arthur, n'y tenant plus.

-LE DIABLE ! C'EST LE DIABLE ! gueule Joël d'une voix profonde qui leur glace illico les sangs.

Au fond de la salle, la porte grince et le visage apeuré du cafetier apparaît. Arthur le chasse d'un geste et reprend dans le silence pesant :

-Le diable ça ne suffit pas, Joël. Il faut un nom pour pouvoir le retrouver.

L'homme se met à sangloter.

-Mais je le connais pas.

-Est-ce que tu pourrais nous le décrire, Joël ? demande doucement Claudie.

-Oui, un peu. C'est un vieux monsieur. Comme le père Noël, mais il a pas de barbe blanche. Non, lui, il est tout noir, tout maigre et il est très sale, très dégoûtant. Il a pas de bel habit rouge mais une vieille cape noire. C'est le croque- mitaine ! Jc l'ai vu dans un livre.

-L'as-tu déjà vu dans le village ?

-Oui, y a longtemps.

-Tu te souviens à quelle occasion ? demande Claudie.

Le géant semble hésiter puis se redresse, et fixe la jeune femme comme s'ils n'étaient que tous les deux :

-Il se disputait avec la sorcière à côté. Et il m'a vu à la fenêtre. Après je me suis caché ! Parce qu'il ne faut pas le regarder, c'est le DIABLE ! Avec ses yeux il nous paralysera !

Le pauvre homme se prend la tête entre les mains et gémit en s'agitant sur sa chaise en plastique.

Ils se regardent tous en fronçant les sourcils. Violaine leur fait signe de la tête que son frère n'en dira pas plus ; celui-ci s'est finalement écroulé sur ses genoux et il pleure à chaudes larmes, le visage enfoui dans sa jupe, tandis qu'elle lui caresse les cheveux.

-Bon, assène Arthur, ce sera tout pour aujourd'hui. Justin et Claudie je vous remercie. Maintenant, le feu doit être éteint mais l'enquête va commencer. Il nous faudra réinterroger votre frère, quand il sera calmé et je vais faire le tour des voisins, d'autres ont peut-être vu cet homme sale avec une cape, aussi. Au passage, je vous raccompagne, Violaine et Joël. On ne sait jamais, les gens peuvent tirer des conclusions hâtives de notre entrevue, ils sont parfois…comment dire…

« Très cons » se dit Claudie pour finir la phrase.

Dans sa grotte étouffante, La Baleine se frotte les mains. Il a fait une touche ! Et quelle touche ! Sûr que le Justin va être content !

Soudain épuisé, David s'extirpe tant bien que mal de son siège moelleux et s'écroule sur le canapé défoncé, à quelques mètres.

Il ferme ses beaux yeux bleus et s'endort illico, comme une machine passée en mode OFF.

15- Le journal de Théa –1977 à 1980

Les mois ont passé, Emmy a retrouvé la forme. Elle s'agite à nouveau dans la maison, elle range, elle nettoie. Babel respire. Tout s'arrange.

Lucie l'institutrice a repris ses cours, très vite, malgré le manque d'entrain de la petite. Elles continuent sans grand succès.

Je retourne à mes peintures, notre quotidien se remet en place.

Aux premiers beaux jours, Babel s'escrime dans son jardin, et Emmy l'accompagne.

Notre petite maison respire à nouveau la quiétude. Emmy vivra avec nous, une belle vie de joies simples, à l'abri du besoin. Enfin, ce sont les conclusions de Babel.

« Trois petits cochons dans une maison, trois petits cochons, c'était un de trop ». Les voix grondent.

Il faudra bien qu'un jour cette étrangère s'assume seule.

Babel répond que nous avons le temps, que la petite s'en ira quand elle le voudra. Mais Babel ment. La gamine a déjà demandé à partir et chaque fois ma sœur la noie de reproches et de visions terribles pour son avenir, que peut-être la secte la retrouvera, tandis qu'avec nous elle est en sécurité. Alors Emmy repose sa valise et s'active à nouveau dans la maison.

Mais la gosse est têtue, les visions de Babel l'effraient de moins en moins.

Je bouscule ma sœur, la tance de laisser la fille vivre sa vie puisqu'elle le souhaite. Babel gronde, râle et me menace. Puis tout rentre dans l'ordre.

Oh ! Babel, pourquoi t'attacher si elle ne veut pas de toi ? Pourquoi t'obstiner alors que je suis là, moi ?

Je t'entends ruminer dans ta chambre, ma sœur. Et cela me tord les tripes. Je comprends ce que tu cachais si fort.

« Babel est amoureuse ! »

Je ne sais pas quoi faire, je ne sais pas quoi faire.

Les mois ont passé. Je me croyais à l'abri et pourtant mes crises ont repris plus fortes qu'avant. Babel m'envoie en cure, plusieurs semaines. Je suis inquiète de la laisser mais à mon départ, elle semble sereine. Elle m'assure de ne pas m'en faire.
Les voix me rassurent aussi, mes amies.

Je reviens de cure après quelques semaines et les premiers mots de Babel me glacent d'effroi : « la petite s'est enfuie, pour de vrai cette fois, et je ne la chercherai pas. Toi non plus ».

XV

Un dimanche après-midi de février 2015.

Claudie rentre chez elle seule. Justin est parti sans rien lui dire, la mine sombre. Elle hausse les épaules et rejoint sa maison, son foyer. Arrivée, elle aperçoit au loin John qui continue courageusement de tailler la vigne. Elle le retrouve au milieu des ceps :

-Salut John ! Pas trop froid ?

Il se redresse brusquement et lui sourit :

-No, perfect. Tout va bien ? Je te vois courir vite. Et j'entends le sirène.

-La maison Baswell a brûlé ! Entièrement foutue !

-What ? Pourquoi ?

-Aucune idée ! Les gendarmes enquêtent. Les voisins ont vu un vieil homme jeter de l'essence et allumer le feu.

John secoue la tête, désabusé.

-Allez, viens, on va manger, lui dit-elle.

Ils remontent tous les deux vers la cuisine et tandis qu'il se lave les mains et se rafraîchit, Cerbère fait son apparition. Claudie caresse le chien qui se laisse faire et retrousse le nez.

« Bon dieu, ce chien sent la fumée, il a dû traîner près de l'incendie ».

Elle met la table et réchauffe le repas. Ils s'assoient en silence, Cerbère à leurs pieds, et avalent leur pitance sans un mot.

Au moment du café, Justin toque à la porte vitrée de la cuisine et entre :

-Salut !

-Oh ! Tu arrives trop tard, lui lance Claudie, on a tout mangé.

Justin éclate de rire en silence.

-Ce n'est pas grave. Mais je veux bien un café.

John se lève en souriant et s'occupe de la cafetière. Les deux autres continuent leur discussion.

-Alors le feu est circonscrit ? demande Claudie.

-Il semble que oui.

Le silence se fait et Claudie ne peut s'empêcher de froncer les sourcils : Justin a sa mine de conspirateur. Cette expression qu'elle déteste tant chez lui, prémices de futures embrouilles. Le poulpe lève le regard vers elle et lui sourit. Puis il reprend lentement :

-Le brasier a permis une belle découverte : en voulant utiliser l'eau du puits dans le jardin, les pompiers sont tombés sur les restes d'un corps.

-Quoi ?! s'écrie Claudie.

-Exactement. Le légiste va entrer en action. Arthur est sur les charbons ardents.

-Berk ! C'est dégueulasse. Tu penses que c'est Emmy ?

-Aucune idée.

John ne dit rien, il écoute avec attention en fronçant les sourcils.

-Et cet incendie, tu en penses quoi ? demande Claudie.

-Très étrange… Violaine va devoir protéger son frère de la rumeur. Arthur a placé un gendarme en faction devant chez eux. Mais la découverte d'un corps c'est aussi une autre affaire…

-Dans la foule j'entendais les commentaires des voisins, sur Joël, ils l'appellent le débile. Qu'ils sont méchants ! Ils avaient l'air persuadés que c'est lui qui a fait le coup. Il a déjà mis le feu quelque part, au fait ?

-Oui, il y a longtemps, quand il était enfant, il a fichu le feu aux cabinets de l'école primaire. Ce ne doit pas être le seul à avoir fait ce genre de bêtise. Mais ça n'avait rien à voir avec le brasier que nous avons vu ce matin. Les pompiers sont certains qu'il y avait un accélérateur, type essence.

-Et il faut trouver un type crado avec une cape. S'il existe, il n'a pas pu passer inaperçu celui-là.

Justin ne répond pas tout de suite, il remercie John qui lui a servi son café, et boit une gorgée. Claudie bout intérieurement de poser les questions qui lui brûlent les lèvres mais elle préférerait être calme et à cet instant, ce n'est pas ce qui la caractérise le mieux :

-Bon, reprend le poulpe, j'ai rencontré Chamoux, le médecin qui peignait avec Théodora vers Cannes et Antibes. Il m'a décrit un joli tableau.

Les deux autres attendent la suite.

-La Théodora était une coquine, durant ces séjours sur la Côte d'Azur. Elle ne faisait pas que peindre, elle avait aussi de nombreuses aventures. Et elle se vantait de pouvoir coucher sans prendre de précautions. Chamoux a ajouté qu'elle avait subi une intervention dans sa jeunesse qui l'avait rendue stérile, un avortement clandestin pour être précis. Mais la faiseuse d'ange avait bien salopé l'utérus. D'après lui, c'est Isabel qui s'est chargée de ça. Elle devait être aussi très jeune donc inexpérimentée, ce qui explique les dégâts commis.

Le silence se fait dans la petite cuisine. Claudie secoue la tête, elle n'en revient pas. Leurs enquêtes ne tournent qu'autour d'avortements, de violences faites aux femmes, à des adolescentes à peine pubères, de vies gâchées par la maltraitance. Et les tortionnaires ne sont pas que des hommes. Une grande nausée la secoue soudain.

« Nous vivons dans un monde pourri ou alors mon chemin n'est parsemé que d'étranges coïncidences ? » se demande-t-elle.

-La réalité est bien pis que notre imagination, lance Justin. L'humain est capable de nombreuses monstruosités depuis qu'il existe. Isabel n'en est pas restée à cette première expérience désastreuse, elle trafiquait avec Clodomir ; elle devait le seconder

219

quand il aidait les jeunes filles enceintes qui ne voulaient pas le rester.

Claudie sort de ses songes, ébahie encore une fois de leurs connexions pensives à tous les deux mais elle profite aussi du moment pour lui demander avec animosité :

-Dis-moi, Justin, tu comptes me parler quand, du cahier noir de Chambon ?

Le poulpe jette un regard à John qui baisse les yeux.

-C'est prévu Claudie, ne t'inquiète pas. Mais je crois que le moment est mal choisi.

-Pourquoi ? Qu'y a-t-il de si dangereux dans ces écrits pour que vous me fuyiez tous les deux avec autant de courage chaque fois que j'y fais allusion ? Je te rappelle que c'est à moi que le vieux a confié ses écrits ! C'est donc à moi de les lire !

-Tu oublies un peu vite le salaud que c'était, Mademoiselle Chance ! s'écrie le grand échalas brusquement.

Mais il n'a pas le temps de développer, son téléphone sonne juste au moment opportun. Il se relève brutalement et sort répondre sur la terrasse. Claudie lâche un juron et se redresse ; pour se calmer, elle se lance dans la vaisselle.

La conversation n'a pas duré, Justin entre en trombe dans la pièce et interpelle la jeune femme :

-Laisse tomber le ménage, on y retourne. C'est Arthur !

Claudie ne discute même plus, elle s'avoue vaincue. Elle se sèche les mains et enfile sa doudoune, salue John qui l'encourage d'un sourire. Pour la deuxième fois aujourd'hui, Claudie part en direction de la ruelle d'Auzon en bas du village. Justin est pressé comme d'habitude mais elle refuse de courir après lui.

« Il n'aura qu'à m'attendre ! »

Le chien n'a pas bougé des tommettes de la cuisine.

Il y a encore quelques curieux dans la ruelle et cela sent fortement le bois calciné. La jeune femme retrousse le nez, l'odeur est trop forte pour être agréable.

Avant de rejoindre le poulpe qui trépigne devant chez Violaine avec Arthur, elle s'approche du vieux portail de bois, totalement dégondé, donnant sur la maison qui a été détruite. Le jardin autrefois envahi d'herbes hautes est sens dessus-dessous, détrempé, le sol calciné devenu ras. De la maison il ne reste presque rien si ce n'est quatre murs et quelques poutres noirâtres tombées au sol, dans un fatras boueux sombre de restes brûlés proprement arrosés. Tout autour a éclaté sous la chaleur ; des pierres ont même été projetées aux quatre coins du jardinet. Claudie ne rentre pas, une rubalise jaune barre le passage. Au loin, un barnum blanc a été monté sous les grands sapins noircis, construction incongrue dans ce paysage de désolation.

« Ce doit être le puits dessous » se dit-elle en faisant la grimace.

Elle arrache son regard de ces lieux désolés et rejoint les autres.

Violaine les fait entrer en souriant et les conduit au salon. Joël est assis bien sagement devant un dessin animé, dont le son est mis en sourdine, sans que cela ne semble le contrarier. Arthur Morino chuchote :

-Merci Claudie, Joël veut parler mais…uniquement à toi. Il faudra que tu m'expliques ce miracle, d'ailleurs.

Il leur fait signe du menton de s'asseoir au salon et s'adosse au mur dans un coin en croisant les bras.

-Je suis désolée pour ce matin, dit Violaine.

Le poulpe ne répond pas et Claudie lui sourit.

-Mon frère a demandé à voir la maman d'Emmy. C'est comme cela qu'il vous appelle.

Claudie n'a pas le temps de s'offusquer que le géant se penche vers elle et lui lance :

-Emmy dit « j'ai deux enfants, ils sont très beaux mais on me les a volés ». Alors tu es la mamie ? Moi aussi j'ai une mamie mais je la vois pas souvent…

Soufflée par la révélation, Claudie sent les larmes lui monter aux yeux mais elle continue courageusement, sous les regards, étonné de la peintre et attentif du poulpe :

-Mais où sont les enfants ?

-Emmy sait pas, mais c'est la sorcière qui le sait.

-Qu'est-ce qu'elle dit encore, Emmy ?

-Emmy dit « j'aime mes bébés, je veux retrouver mes bébés ». Emmy pleure beaucoup aussi. Et la vilaine arrive et prend Emmy. Isabel est méchante. C'est une sorcière. Elle veut garder Emmy pour elle toute seule. Elle veut pas qu'Emmy, elle a des amis. C'est très méchant.

-Oh ! oui c'est méchant, murmure Claudie le cerveau en ébullition sous toutes les réflexions qui l'assaillent.

-Elle veut pas que je sois l'ami d'Emmy, elle veut pas que je rentre dans le jardin, ni la maison. Elle dit que je suis un monstre de la nature, que je suis débile. MAIS JE SUIS PAS DEBILE, MOI ! Isabel est une sorcière ! C'est l'amie du croque- mitaine !

Claudie hésite. Joël grimace tout à coup avec un regard mauvais. La jeune femme se fige quand il s'approche encore plus près d'elle et chuchote :

-Moi j'ai fait une bonne blague à la sorcière. Chut, c'est un secret.

Violaine ne peut s'empêcher de laisser échapper un petit « oh » en portant sa main à la bouche tandis que Justin s'est agrippé à ses accoudoirs. Arthur a imperceptiblement bougé, prêt à intervenir. Tous craignent d'entendre la suite, mais il le faut. Justin fixe ses grands yeux pâles sur Claudie qui comprend le message silencieux.

-Qu'est-ce qui s'est passé ? murmure-t-elle.

-C'est le jour de la pluie. Il y a l'eau partout et j'ai peur, reprend Joël en s'échauffant peu à peu. Il y a beaucoup d'eau. Je crie « papa » et « maman » partout mais je suis tout seul dans l'eau. Parce que l'eau est dans la maison. Moi je sais pas bien nager. Voilà la sorcière qui sort de sa maison. Elle porte une valise lourde, elle court, elle parle, mais il n'y a personne. Que la pluie et il fait noir. Je suis tout mouillé. Alors comme j'ai peur, je m'approche d'elle mais elle me pousse, elle ne veut pas m'aider ! Où sont papa et maman ? Où est ma sœur ? Pourquoi je suis tout seul ? Isabel me répond pas, elle me crie dessus, elle me crie que je suis un débile ! C'est pas vrai !

-Calme-toi Joël, continue mais je t'en prie, calme-toi, intervient sa sœur.

Le géant repousse sa sœur et se lève brusquement en hurlant :

-Moi je suis gentil ! Mais pas elle ! Elle, c'est la sorcière ! Elle a fait pleurer beaucoup Emmy ! Alors je la bouscule et je prends sa valise et je cours dans le jardin. Mais il y a toute l'eau ! Je n'arrive pas bien à courir. Elle me suit, elle veut m'attraper, elle hurle après moi, mais je cours plus vite qu'elle, je suis loin dans l'eau et quand je me retourne pour la regarder, IL EST LA, LE CROQUE- MITAINE ! IL EST VENU ET IL LA POUSSE DANS LE PUITS ! JE L'AI VU ! C'EST PAS MOI ! Alors je pars vite me cacher. J'ai peur, j'ai peur…

Joël s'écroule au sol en sanglots. Sa sœur lui caresse les cheveux en lui murmurant à l'oreille des paroles rassurantes. Arthur s'approche lentement.

Claudie et Justin ne bougent plus, ils restent immobiles face à face et se regardent, traversés des mêmes pensées : pourquoi Emmy mentionne-t-elle deux bébés ? Qu'est-ce que cette valise ? Que renferme-t-elle de si précieux pour Isabel ? Et aussi une soudaine illumination : le corps dans le puits est celui d'Isabel, poussée dedans, le soir de la crue, en 1992. Était-ce un accident ou un meurtre ?

Et surtout : qui est le croque-mitaine ?

Cerbère est sorti après Claudie, mais elle ne l'a pas vu. C'est le gentil John qui lui a ouvert. Même si les portes ne lui résistent pas vraiment, il trouve le garçon très attentionné.

Il est parti en trottinant, heureux de la tournure des évènements.

Dorénavant, il se promène près du sinistre. A cette heure, il n'y a plus grand monde dans les rues, il fait trop froid. Et ça pue. Ça pue le bois brûlé et la cendre.

Le gros chien noir passe sous la rubalise, il s'en moque bien. Il ne s'approche pas du barnum blanc, pour ne pas déranger le travail de la scientifique, mais trottine en zigzaguant dans le reste du jardin désolé, la truffe au sol, attentif à ce que personne ne l'aperçoive. Puis, soudain, il redresse la tête et tend l'oreille.

Les cris viennent de chez les voisins.

C'est sûrement l'enfant-grand qui a une crise. Ce pauvre garçon est resté muet tant d'années. Ses confidences vont lui faire du bien et arranger les choses.

Cerbère est heureux.

La langue pendante, il fait demi-tour et s'enfonce vers les berges de la rivière.

16- Le journal de Théa -1980

C'est comme si le temps avait englouti les années passées. Babel a repris son jardin, elle ne parle jamais de la fille. Elle n'a même pas l'air triste. Comme si elle avait décidé une bonne fois pour toutes que cette fichue môme ne valait pas la peine qu'on s'y intéresse. Comme si enfin, elle réalisait que j'avais raison. Nos amis ont posé quelques questions, et Babel répond toujours la même chose « Emmy est majeure, elle s'est enfuie, alors que nous lui avons tout donné ! Tant pis pour elle ! ». Elle ronchonne tout en binant mais n'en parle jamais. Je ne comprends pas cette colère qu'elle mime. En réalité, elle n'en a pas.
Les voix chuchotent des phrases sans queue ni tête.

Quand je pose mes questions, ma sœur se transforme, le petit cochon devient féroce et ses yeux me vrillent la peau, tout en vociférant que cette gosse n'était qu'une moins que rien, qu'elle a

profité de nos largesses et de notre bon
cœur.

J'ai envie de rire : nous n'avons pas bon
cœur.

Mais comment s'est-elle échappée, je
voudrais qu'elle me raconte le mauvais
tour que cette fille lui a joué.

Babel dit qu'elle est partie une nuit.

« Mais tu l'enfermais à clef ! » ai-je
répondu.

Babel hausse les épaules, me tourne le
dos en ronchonnant qu'elle a dû oublier
de fermer et m'entraîne au fond du
jardin, près de la serre pour me
montrer sa dernière acquisition : une
statue de pierre qu'elle a déposée sur un
tapis de lierre. L'ensemble me laisse
froide, cette sculpture est hideuse et
sera bientôt recouverte de végétation.

« Babel folle ! Babel folle ! »

Je me demande si je ne devrais pas
découvrir où Emmy est partie vivre.
Peut-être qu'un jour ma sœur aimera
la revoir le temps d'un goûter ?

« Mais à quoi bon ? »

Il vaut mieux l'oublier.

J'ai retrouvé ma Babel d'avant, mon esclave, ma force, mon infirmière et ma moitié, j'ai retrouvé ma Babel. Je chante de joie du matin au soir et vais tremper mes pieds dans la rivière.

Le temps se met au beau, je dois vite aller capturer de mes pinceaux cette belle lumière qui court sur l'eau.

Derrière moi, Babel grommelle, les doigts dans la terre près de sa statue immonde.

« Méchante Babel ! Vilaine Babel ! »

XVI

Un lundi matin de février 2015.

Claudie a à peine eu le temps de se sécher les cheveux qu'une petite troupe débarque chez elle, à l'improviste. Elle ne peut masquer sa surprise quand John, Arthur, David et bien évidemment Justin s'installent au salon en déposant leurs manteaux dans la cuisine. Bien entendu, son ami ne l'a pas prévenue. Elle peste en silence mais comme toujours, accepte sans broncher.

John s'est jeté sur la cafetière pour lancer la tournée tandis que la jeune femme relance le feu dans la cheminée. Justin a sa mine des bons jours et dépose sur la petite table un grand cahier à la couverture noire en cuir :

-Figure-toi que Violaine a tarabusté son frère pour qu'il révèle où il avait caché la valise. Elle l'a retrouvée au fond de leur propre grenier !

-Et qu'y avait-il dedans de si précieux ?

-Tu l'as deviné déjà : le journal intime de Théodora. Sous forme de multiples petits cahiers griffonnés depuis leur arrivée en France.

John arrive avec un plateau et des tasses.

-*Moi, je lis anglais mais difficile pour moi le français.*

-Pas de soucis, on a pensé qu'il valait mieux que ce soit Lucie qui les lise. Elle connaît l'époque et les deux sœurs. Elle se fait aider de ses voisins qui sont profs d'anglais à la retraite, en présence du notaire et du généalogiste. Elle nous fera une synthèse, répond Justin, décidément en grande forme.

Claudie comprend alors que le cahier qui lui brûle les yeux, posé sur la table, n'est pas à Théodora mais qu'il s'agit probablement de celui de Clodomir.

« C'est donc le jour de vérité » se dit-elle. Un grand froid l'envahit soudain.

-Cerbère n'est pas là ? demande Justin en fouillant l'intérieur de la maison du regard.

-Non, répond la jeune femme, il est parti hier et je ne l'ai pas revu. Tu sais comment est ce chien…

-Mmmm.

Arthur boit une gorgée et intervient :

-J'ai les premiers résultats du légiste : le corps retrouvé est bien celui d'une femme, mais d'une femme plutôt âgée, donc pas celui d'Emmy. Cela correspond aussi aux déclarations de Joël qui affirme qu'Isabel est tombée dans le puits le jour de la crue en 1992. J'ai interrogé les pompiers de l'époque et ils confirment avoir retrouvé Joël chez lui, seul, trempé mais qu'Isabel avait bel et bien disparu. On va devoir déterrer sa sœur pour voir si les ADN collent mais il y a de grandes chances. La scientifique nous fera une datation aussi mais là, il nous faudra être patients, les résultats arriveront dans plusieurs semaines.

Personne n'ose intervenir après les mots du gendarme qui continue :

-Le squelette présente de nombreuses fractures mais est-ce au cours de la chute ou après, avec le temps, que les os se sont brisés ? Impossible de le savoir avec précision pour l'instant. On doit attendre les résultats de l'analyse. Nous recherchons toujours le suspect, à savoir un homme à la peau brune, sale et vêtu d'une cape, comme un SDF ; ça veut tout dire et n'importe quoi. Impossible de faire un portrait-robot avec Joël. On lui montre des photos mais il ne veut pas regarder, il est terrorisé. Mes collègues font le tour du village.

-Ils ne trouveront rien, lance Justin.

-Je connais tes théories, Justin, mais laisse quand même mes hommes effectuer leur travail.

-Mmmm. Bon, David a des choses intéressantes à nous dire aussi.

David semble sortir d'un songe, et ouvre de grands yeux. Sa petite voix douce, disproportionnée avec son corps énorme s'élève dans le salon silencieux :

-Alors j'ai retrouvé quelques traces de nos deux Baswell dans le Dartmoor, à l'ouest du comté de Devon. C'est au sud-ouest de l'Angleterre.

-*Ow* ! s'exclame John. *Très isolé, là-bas.*

-Oui, tranquille à souhait, renchérit Justin.

-Il y a effectivement un manoir qui leur appartenait mais qui a été intégralement vendu en 1950. Maintenant, c'est même une ruine. Les parents sont morts dans un accident de voiture en 1944 et leurs filles, encore mineures, ont alors été confiées à leur tante, une certaine Hortense Bishop née Baswell. Celle-ci est morte à son tour, début 1950 mais de façon un peu brutale. J'ai pu retrouver une archive dans le journal local, un article, qui mentionne la mort de la vieille dame et émet quelques réserves concernant l'enquête, un peu trop vite bouclée. L'article parle d'un hypothétique empoisonnement car la vieille dame était connue pour sa forme olympique malgré son grand âge. Mais ensuite, il n'y a plus aucun article sur la question. L'affaire a pu être étouffée ou le sujet considéré comme sans intérêt. Le journaliste a écrit d'autres papiers mais plus jamais sur ce sujet.

-Empoisonnement et tisanes, ça sonne bien avec Isabel… murmure le poulpe. Bon, moi j'ai fait un tour à Rochebesse. La possible secte a été démantelée après le drame du Crédit Agricole. Il y reste peu d'habitants. Aucun souvenir d'une certaine Emmy. Sa photo n'a rien déclenché non plus. Beaucoup d'anciens du village sont déjà décédés, et les jeunes sont pour la plupart tous partis ; ceux qui restent de l'époque sont tous obnubilés par l'affaire du casse. Le reste est insignifiant à leurs yeux. Mais il y en a quand même quelques-uns qui se souviennent de la « secte », comme ils disent. Ils décrivent les habitants du hameau comme des illuminés qui vivaient en autarcie sans contact avec le reste du monde. Dans la communauté, il y avait des enfants de tous âges. Une vieille dame m'a dit à demi-mot qu'elle pensait que c'était l'orgie là-bas, pédophilie et polygamie à gogo, drogues et sexe, mais rien de certain. Emmy peut très bien venir de là-bas, ce qui expliquerait qu'Isabel soit allée dans le bled, mais je ne sais pas encore pourquoi.

Justin fait une pause puis continue :

-J'ai farfouillé chez Ginette, demoiselle du téléphone. Elle notait tout un tas de choses mais c'est sans logique. On a dégotté la preuve d'appels entre Clodomir et Isabel. Mais pas plus de renseignements, les notes n'ont aucun sens. Seule certitude : ces deux-là étaient en affaire depuis longtemps, bien avant les années 1976.

Les quatre hommes ne disent plus rien. Ils semblent se plonger dans leurs pensées. Claudie les observe à tour de rôle et se mord les lèvres ; elle voudrait bien questionner Justin à propos du cahier, et même le toucher, mais n'ose pas bouger. Comme une bonne fille, elle attend.

Les minutes s'égrènent au son des tic-tac de l'horloge de la salle à manger et les quatre amis se sont lancés à échafauder moult hypothèses. Claudie ne les écoute plus. Tout à coup, elle peine à garder les yeux ouverts. Ce n'est que le matin et déjà elle se sent épuisée. Il faut dire que sa nuit a encore été très agitée. Toujours le même foutu rêve qui la laisse écœurée au réveil.

C'est le moment que choisit Cerbère pour faire son apparition à la fenêtre sur la terrasse ; il lance son formidable aboiement qui fait sursauter la jeune femme et cloue le bec des autres. Tous se retournent vers le molosse qui semble s'amuser, la langue pendante derrière la vitre. Le poulpe se lève finalement pour aller lui ouvrir et le chien vient tranquillement se poser aux pieds de Claudie.

-Bon, puisque nous sommes tous réunis, il est temps, Claudie, que tu ouvres ce cahier…

Et ce disant, Justin pousse doucement le cahier noir vers la jeune femme.

Claudie regarde ses comparses un à un et les sent à l'affût. John n'a pas l'air surpris, il sourit benoîtement. Arthur ne bronche pas, les bras croisés, et David l'encourage d'un imperceptible mouvement de tête. Elle se demande ce qui va lui sauter au visage au fil de ces pages. Soudain elle appréhende le moment. Très délicatement, elle tourne la couverture, en vieux cuir épais et collant. Elle se penche vers les pattes de mouche et commence à déchiffrer. Claudie fronce les sourcils et se concentre ; devant ses yeux, des lignes et des colonnes, des lettres et des chiffres, s'accumulent mais elle ne comprend rien, c'est parfaitement incohérent. Elle tourne les pages mais rien ne s'éclaire à ses yeux. De temps en temps lui apparaissent quelques prénoms, mais rien n'a de sens. Les autres ne disent toujours rien. La jeune femme sent qu'elle est le centre de toute leur attention et rougit subitement, gênée de leurs regards. Comme elle ne comprend rien, elle se sent la dernière des courges et n'ose pas le leur dire. La séquence commence à lui peser et elle voudrait abréger la corvée quand ses yeux louchent sur quelque chose écrit tout en bas de page : là, semblant lui crever les yeux il y a son prénom à elle, Claudie, ainsi que son nom, Vielleux. Elle tremble tout à coup et déchiffre avec difficulté la suite, manquant tomber à la renverse : elle croit lire « John », accolé aux prénoms de « Rachel Rose », et de « jumeaux par 1930B accompagnantes ». Un frisson glacé la traverse soudain. Elle refuse de comprendre.

-Qu'est-ce que ça veut dire ? chuchote-t-elle.

Personne ne lui répond.

Claudie lit et relit les quelques lignes qui dansent sous ses yeux. Un frisson lui glace le dos tandis que dans la brume de son cerveau, une pensée atroce germe en filigrane.

-Non. Ce n'est pas possible…

Claudie referme brutalement le cahier et le repousse au loin. Soudain, elle ne veut plus toucher cette saleté.

Non, elle ne peut croire ce qu'elle a lu, elle ne peut même pas l'envisager. Elle ne peut pas formuler à haute voix ce qu'elle croit comprendre, la chose est incongrue, elle a honte de même l'envisager. Si elle se trompait, elle serait mortifiée de n'avoir ne serait-ce qu'une seconde envisagé une telle énormité. Et puis c'est parfaitement impossible, cela ne colle pas du tout avec son histoire. Mais l'assistance attend qu'elle parle la première.

-C'est impossible, lance-t-elle à Justin.

-J'ai pensé la même chose que toi, et puis…

-Et puis QUOI ? hurle Claudie, tremblante.

Pour la première fois depuis qu'elle le connaît, Justin semble réfléchir avant de parler et choisir ses mots pour ne pas la blesser plus.

« Il a conclu la même chose que moi, mais c'est impossible, ça n'a pas de sens, non ».

A ses lèvres monte un relent de bile, elle pense qu'elle va vomir tandis que dans son esprit une petite voix chuchote que c'est fort possible, qu'il y avait des signes dans sa vie, dans ses pensées et ses ressentis. C'est juste qu'elle a refusé de l'admettre. Elle observe John, qui ne bouge toujours pas et il lui rend son regard, les yeux humides. Claudie secoue la tête :

-C'est impossible.

-On ne peut plus faire de tests ADN avec tes parents, explique patiemment le poulpe, mais on pourrait en faire un avec John. Le test de fraternité permet de déterminer si deux personnes sont frère et sœur.

-Mais nous n'avons rien en commun !

-Réfléchis, répond-il avec un geste apaisant. La couleur des yeux ou des cheveux, ça ne veut rien dire. Regarde mieux, en détail.

Claudie scrute avec minutie l'homme assis en face d'elle. John ne bouge plus et se laisse détailler avec bienveillance. Mais pour la jeune femme leurs différences sont importantes : il est blond quand elle est brune, les yeux bleus alors que les siens sont marron, mais le nez, les pommettes et la bouche, oui, elle doit se l'avouer, il y a peut-être quelque chose. Claudie sent la nausée l'envahir, elle se lève précipitamment pour foncer aux toilettes. Elle s'enferme dans la petite pièce et vomit ses tripes, le visage couvert de larmes, le cœur gonflé de rage. Le nez dans la cuvette, son estomac n'en finit pas de se révulser et même lorsqu'il est vide, les crampes continuent de le soulever. Claudie est anéantie par la peine, mais aussi remplie d'une honte cachée profondément au fond de chacune de ses cellules, une honte sans fond, un abîme qui la submerge. Elle qui croyait le cauchemar fini depuis toutes ces années.

Mais non.

Il faut toujours que Justin remue la merde. La merde de sa famille à elle.

Maudit Justin.

« Je te déteste ! je te déteste » s'écrie-t-elle dans sa tête, entre deux sanglots.

Une petite voix à l'accent chantant, s'entend derrière la porte :

-*Claudie ? Tu es ok ?*

-Fous-moi la paix !

-*Je comprends. J'attends.*

Les vomissements s'arrêtent aussi brutalement qu'ils ont démarré. Elle s'essuie la bouche et se laisse glisser sur le carrelage glacé, près de la cuvette. Elle se force à inspirer lentement pour recouvrer son calme. Dans sa tête c'est la tempête. Son ventre se tord encore un peu. Les larmes continuent de s'échapper comme deux torrents.

Claudie fulmine en silence.

« Je n'aurais jamais dû venir ici, dans cette baraque pourrie, dans ce village maudit ! Jamais ! »

En quelques années, elle a vu son monde, toutes ses certitudes, s'écrouler. Parce que Justin est entré dans sa vie, subitement, tout a volé en éclats.

D'abord en apprenant que la femme qui l'accueillait chaque été n'était pas vraiment une tante, puis l'an passé en découvrant que le vieux salaud de Chambon avait agressé sa vraie tante, et maintenant quoi ? Elle a été adoptée et a un frère, un jumeau, qu'elle n'a jamais connu… C'est proprement inconcevable !

Claudie se force au calme doucement, elle respire à grandes goulées. Elle se masse le visage, essuie le torrent qui inonde ses joues et essaie de se reprendre.

Elle ne bouge plus, elle arrive à peine à respirer. Mais elle ne va pas pouvoir rester dans ses toilettes toute sa vie.

« Allez, Claudie, relève-toi » se répète-t-elle en boucle, comme un mantra. Le temps passe et elle se redresse peu à peu, les jambes chancelantes, alors qu'au fond elle voudrait rester là, couchée sur les tommettes et s'endormir.

John insiste derrière la porte des toilettes.

Claudie visualise sa grand-tante lorsqu'elle était venue la rejoindre après l'accident de ses parents.

La vieille dame l'avait consolée avec des mots doux, des mots justes, puis elle lui avait murmuré du réconfort, des mots sur les épreuves de la vie, sur l'injustice qui nous happe parfois, mais qui, avec le temps aide à nous construire. Que l'Homme était doué de résilience, et empli de pardon, que même les plus petits, face au danger, ne courbaient jamais l'échine ; qu'il fallait se battre, et seul, avancer avec sa peine pour apprendre à l'accepter.

Avec effort, Claudie entrouvre la porte et tombe sur John qui l'attend, inquiet. A le voir, ses larmes jaillissent à nouveau. Il lui sourit avec douceur et lui prend le bras délicatement. Elle s'appuie à lui et ensemble ils retournent vers les autres. Assis comme un pape, le poulpe n'a pas bougé d'un iota. Il la regarde de ses grands yeux pâles mais ne dit rien. John aux petits soins lui apporte un verre d'eau ; Arthur et David restent immobiles. Claudie avale une bonne gorgée et attaque :

-Bon, je vous écoute.

Justin se penche vers elle et commence :

-Une certaine Rachel Rose a mis au monde des jumeaux, John et toi. C'est le vieux Chambon qui a procédé à l'accouchement. John avait déjà Rachel comme indice, mais il ne savait pas que vous étiez deux. Il savait qu'il fallait venir à Joyeuse. C'est pour ça qu'il est venu jusqu'ici. La suite « 1930B accompagnatrices » doit probablement faire référence aux sœurs Baswell nées en 1930 toutes les deux, donc nous en avons raisonnablement déduit que Rachel Rose et Emmy ne faisaient qu'une. Je doute que les sœurs Baswell aient eu plusieurs protégées. Lucie n'a jamais parlé que d'une seule fille recueillie et les dates collent avec vous deux. Et souviens-toi du petit dessin gravé sur le montant en bois de son lit. Une rose, tu l'as reconnue tout de suite alors que John et moi n'y avons même pas pensé.

-Pff, c'est un détail, tu t'accroches à des chimères, comme d'habitude. Et nos dates de naissance…avec John, nous n'avons pas les mêmes !

-Falsifications. Bien malin celui qui saura quelle date est la bonne, entre toi et John. Peut-être les deux sont-elles fausses d'ailleurs.

-Mais mes parents ?

-Rappelle-toi ce qu'a dit Clodomir avant de mourir : ton père était stérile. On ne sait pas pour ta mère. A l'époque, la PMA ne se pratiquait pas comme aujourd'hui. Le vieux était connu pour ses embrouilles, il vivait à Joyeuse dont ton père est originaire, alors ? Quand tes parents ont su leur désir d'enfanter impossible, ils se sont tournés vers le seul qui pouvait les aider rapidement. Ils avaient de l'argent, c'était sans douleur et facile pour eux. Tu m'as toujours dit que tu ne t'entendais pas avec tes parents.

-Non je n'ai jamais dit ça. Ils étaient distants et peu maternels mais ça ne signifie rien. Regarde les parents adoptifs de John, si aimants et ouverts. C'est une question de caractère, uniquement. Et d'ailleurs, comment ont-ils connu Chambon, depuis leur Angleterre, tes parents à toi ?

-*Médecin ami de Chambon*, répond John.

-Comment as-tu fait le trajet, bébé ?

-*Très compliqué en français, Justin expliquer.*

-Les parents de John étaient en voyage sur la Côte d'Azur quand sa mère a fait une fausse couche. Le médecin qui s'est occupé d'elle à l'hôpital lui a dit qu'elle ne pourrait jamais avoir d'enfants, à cause d'une malformation utérine. Mais il a ajouté devant leur détresse qu'ils pouvaient adopter très facilement un enfant par son intermédiaire. Il a bien précisé que l'affaire était illégale mais permettait à des enfants abandonnés de vivre heureux, et surtout que c'était rapide. Ils ont donné leur accord et leurs coordonnées, sont rentrés chez eux et ont attendu qu'on les contacte. Le médecin avait tout prévu, soit les futures mamans pouvaient attendre chez elles, parce qu'elles étaient bonnes comédiennes, vivaient isolées ou étaient un peu rondes, soit il les hospitalisait dans sa clinique, durant quelque temps pour attendre, sous couvert de faux soins, jusqu'à ce qu'elles ressortent avec un nourrisson. C'est sûrement ce qu'a fait ta mère adoptive, Claudie, et en même temps que celle de John. C'est fou de penser qu'elles ont dû se croiser. Lorsqu'il les a appelés, les parents de John sont revenus sur la Côte, la fausse couche n'avait jamais été déclarée, et quand l'enfant est arrivé grâce à Chambon, ils sont repartis avec un petit John, tandis que les tiens prenaient une petite Claudie. Les deux familles ont gardé les prénoms que Rachel avait choisis. La mère de John ne lui a rien caché de ce qu'elle savait. Elle ne savait juste pas qu'il y avait deux familles dans l'histoire.

-Le bon docteur véreux connu pendant la guerre… Mais moi je suis déclarée née à Joyeuse.

-Et John à Nice. Tout est faux.

-C'est n'importe quoi cette histoire. Quel intérêt pour ces deux salauds ?

-L'argent ! Regarde, il y a toutes ces colonnes de chiffres face à leurs méfaits. Vous n'êtes pas les seuls, ils agissaient en réseau et se faisaient grassement payer. Ils étaient à la tête d'une véritable fortune !

John secoue la tête pour montrer son accord :

-*Maman paye dix mille livres. C'est très beaucoup pour eux.*

-Mais que faisaient-ils de tout ce fric ?

-Aucune idée. On n'en a pas retrouvé la trace pour Clodomir. L'a-t-il perdu au jeu ? L'a-t-il donné ? Ça m'étonnerait. Et s'il l'a caché, eh bien nous n'avons aucune idée d'où se trouve le magot. Dorénavant, Arthur va devoir lancer des recherches pour retrouver tous les autres enfants dans votre cas. Ces colonnes sont bien remplies. Il y a une multitude de malversations et de chantages en tout genre, et parmi cette multitude, trop de cas d'enfants mis à l'adoption comme vous, de façon opaque et illégale. Ça va faire l'effet d'une bombe dans les familles…

« Une bombe, c'est exactement le mot… » pense la jeune femme encore abasourdie.

-Bon ! s'exclame brusquement Justin en tapant sur ses cuisses. Il nous faut maintenant découvrir où se cache Rachel Rose !

-Je te déteste, Justin… Tu parles de nous comme si nous étions des objets, aussi dépourvus de sentiments que toi, alors que tu fous des vies en l'air.

-Je sais. Je n'y peux rien. Pourtant, un jour tu me diras merci.

-Je pense à quelque chose, intervient David de sa petite voix. Rachel le prénom et Rose le nom de famille, ça ne vous rappelle rien ?

Les autres se regardent interloqués.

La Baleine reprend :

-Lorsqu'un enfant était confié à la DDASS après un accouchement sous X, on lui attribuait son deuxième prénom pour nom. On a connu des célébrités criminelles comme ça : Guy Georges, Emile Louis, par exemple. Donc Rachel Rose pouvait probablement sortir de l'assistance publique, ex DDASS, non ? Maintenant que l'on a son nom, je vais creuser de ce côté en priorité.

Arthur donne son aval et ajoute :

-Et moi je lance un avis de recherche sur Rachel Rose avec une des photos de Lucie. On ne sait jamais, si elle est toujours vivante, elle aura beaucoup de choses à nous dire et à vous dire aussi...

John est allé alimenter le feu de cheminée, en jetant un coup d'œil à sa « sœur ». Claudie se lève avec difficulté :

-Je suis fatiguée, j'ai besoin de digérer tout le bordel.

Et sans attendre leur réponse, elle part s'enfermer dans sa chambre. Les autres ne bougent pas, et dans le silence, la regardent se mouvoir, inquiets.

Sur le carrelage, le chien n'a pas bougé une oreille.

Du haut de sa tour d'ivoire, pensive devant ses fenêtres, Lucie Chauvet hésite encore.

Justin est venu plus tôt lui porter une montagne de petits carnets rabougris, à la forte odeur de moisi et recouverts par l'écriture fine de Théodora. La vieille institutrice redoute de s'atteler à la tâche qui lui semble soudain insurmontable ; parcourir l'ensemble va lui prendre des heures, et saura-t-elle en faire une synthèse ? Et les possibles découvertes qu'elle peut faire ne l'enchantent pas non plus.

Mais Justin a insisté : pour la Vérité.

Lucie n'a jamais su résister à Justin, ce chevalier des temps modernes.

Avec un profond soupir, la frêle ancêtre se détourne des fenêtres, s'assoit aux côtés de ses invités, et s'approche des carnets.

17- Le journal de Théa –1982

L'édition à Cannes était fabuleuse cette année ! Et j'ai rencontré un homme merveilleux ! Il est américain et riche, nous parlons la même langue, avons la même classe et nous comprenons comme si nous nous connaissions depuis toujours.
Les voix ont disparu en sa présence !
Je rêve de lui tous les soirs, je repense à nos folles nuits, merveilleuses de sueur et de complicité, enlacés, enivrés, nous parlions peinture jusqu'au petit matin, ne nous souciant que de nous-mêmes...
Il m'a été difficile de rentrer dans notre petit univers si étriqué et grisâtre de Joyeuse. Je ne voulais pas. Je ne supporte plus cette maison et surtout ce jardin. Mon prince charmant est retourné à ses affaires en Amérique. Je voudrais le rejoindre, je demande à Babel de partir et lui propose de venir avec moi. Fuyons ces lieux désolés et tristes ! Partons pour la grande

aventure, vivre vraiment, nous le pouvons !

Ma sœur ne répond pas, ses yeux regardent dans le vide son petit jardin. « Mais qu'importe ton jardin Babel, tu en referas un autre là-bas ! »
Elle ne peut pas. C'est ce qu'elle murmure, mais j'ai dû mal comprendre.
Babel, ma sœur, tu fais peine à voir…
Tu fus si indépendante et volontaire autrefois ! Regarde ce que tu es devenue ! Une mégère qui ne se sent à sa place que dans son petit intérieur fleuri. Non mais quelle ironie ! Toi qui ne t'attachais jamais aux choses matérielles, te voilà prisonnière de cette cahute ! Peut-être sommes-nous ruinées ? Babel hausse les épaules.

J'oublie mon prince avec le temps ; j'en trouverai un autre. J'observe Babel, qui vieillit. Ses cheveux se parsèment de gris, comme une souris. « Babel, petite truie, tu finiras rate ! »

Mais dans ses yeux brille une nouvelle lueur, celle que je n'aime pas, celle de la fureur prête à exploser. Et par moments la voilà qui regarde derrière son épaule comme si quelque chose la guettait.

Babel ne sort plus la nuit errer dans son jardin, elle ne sort plus sans sa canne de bois mal taillée, elle ne sort plus que pour aller à la messe, Babel se noie dans les bondieuseries. Babel surveille son jardin depuis la fenêtre, Babel renifle comme un petit cochon, les odeurs que l'air nous rapporte lorsqu'elle ouvre les fenêtres, Babel scrute la ruelle qui passe devant chez nous, Babel ne parle plus aux inconnus qui nous demandent leur chemin, Babel sursaute quand les chiens aboient. Ma sœur gratte son jardin avec frénésie, elle taille le lierre, répare le puits, renforce les grillages qui nous entourent. Babel prend soin de sa tanière.

« Babel a peur ! Babel a peur ! »

De quoi as-tu peur ma sœur ?

XVII

Un lundi après-midi de février 2015.

Claudie a à peine touché à son assiette. Pourtant, John avait mis du cœur à l'ouvrage pour lui préparer quelque chose de réconfortant. Cerbère suit, pas à pas, la jeune femme dans la maison, il ne la quitte pas d'une semelle. Les autres ont disparu pendant sa sieste.

Claudie laisse John débarrasser et ranger la vaisselle ; elle n'a envie de rien. Il lui faudrait travailler sur son ordinateur mais elle ne pourra jamais se concentrer sur ses écrits. Elle s'affale dans le canapé et plonge la tête entre ses bras, les larmes jaillissent à grands flots ; soudain, elle ne peut réfréner ses sanglots, qui sortent comme un cri. Le chien a posé sa tête sur son genou et John accourt à ses côtés. Il lui prend la main :

-*Parler, Claudie. Dis les choses, si tu veux*, la supplie-t-il.

Elle sourit en redressant la tête, les joues inondées de larmes. Ses sanglots se transforment en hoquets puis se calment peu à peu. Elle se mouche avec ferveur et essaie de sourire à l'homme accroupi près d'elle, qui la regarde de ses bons yeux doux.

-C'est tellement fou. J'ai l'impression de vivre un cauchemar, que je vais bientôt me réveiller…

-*Yes, je comprends. Très dur pour toi. Facile pour moi. C'est mensonge difficile.*

-C'est un tel choc ! Mais cela explique aussi bien des choses. Je comprends les mots que Clodomir a prononcés. Mais quel choc, quel choc ! Quand tu découvres que toute ta vie on t'a menti. C'est horrible ! Ils auraient dû me dire pour l'adoption. L'apprendre de cette façon, c'est trop douloureux…

Claudie ferme les yeux et dégage sa main de celles de John, son frère. Elle ressent le besoin de dormir, de reposer ses pensées. John a compris, il la couvre d'un plaid et s'éloigne. Il sait qu'il lui faudra du temps. Elle l'entend sortir par la cuisine, persuadée qu'il va reprendre la taille de la vigne : John aime le grand air, encore plus lorsqu'il fait froid. Et Cerbère l'a suivi dehors.

Mais elle ne parvient pas s'endormir. Dans sa tête tournoient ses souvenirs d'enfant. Elle remonte le temps jusqu'à l'extrême, se revoit petite dans la 4L de ses parents ; sa mère au volant conduisait mal, faisant gémir la boîte de vitesses placée au niveau du tableau de bord à l'époque. Gentiment son père se moquait de sa femme, de sa voix posée et elle revoit sa mère glousser en rougissant. Mais elle réalise aussi que la petite fille à l'arrière qu'elle était, ne participait pas à l'euphorie, elle n'existait pas vraiment, elle était seulement spectatrice du bonheur de ses parents. Elle a tant de souvenirs tels que celui-ci, avec ce sentiment diffus d'être systématiquement hors cadre. Son père aurait pu l'introduire dans la moquerie en se retournant pour lui faire un clin d'œil, mais il n'avait pas ces gestes. Jamais.

Claudie se revoit, solitaire, dans le bureau de son père, architecte. Elle avance à pas mesurés dans ses petites ballerines, les mains croisées dans son dos ; elle n'a la permission de toucher qu'avec les yeux et elle les ouvre grands pour ne rien omettre. Les rayonnages de livres précieux sur les étagères attirent immanquablement son regard, elle hume leur cuir ancien de loin ; elle voudrait poser ses doigts sur leur couverture douce mais ne le fait pas. Claudie est une petite fille bien sage. Elle n'a jamais eu de fessée mais le regard dur de son papa a toujours suffi. Le trouve-t-elle beau ce père ?

La jeune femme s'interroge. Non, beau n'a jamais été le qualificatif adéquat. Elle pense plus facilement à sévère ou intransigeant, maniaque et froid, mais pas beau. Lors des rares dîners où ses parents recevaient, elle restait manger à la cuisine, seule. Elle écoutait la voix de ce père, si docte, s'imposer dans les conversations et les invités se ranger derrière cet avis, immanquablement. Un père imbu d'autorité et de savoir, un homme sage et réfléchi, mais si peu compatissant, jamais sentimental. Et sa mère ? La décrirait-elle comme belle ? Une femme maigre au petit visage fin, cachée derrière de grandes lunettes aux verres épais. Oui, sa maman pouvait être qualifiée de jolie, mais son maintien était tellement austère, de sages jupes plissées et de blancs chemisiers bien repassés. Sa mère ne portait pas de bijoux superflus, juste un camée en pendentif et une montre fine en or. Pas de bagues, pas de bracelets, rien de trop voyant, rien de clinquant ou d'ostentatoire. Une vie discrète, derrière son mari si brillant et intelligent. Une bonne épouse sachant rester à sa place. Était-elle une bonne mère ?

Claudie se souvient de ses baisers sur ses cheveux avant d'aller se coucher enfant ; puis de cette main maternelle qui lui serrait doucement le bras, seul signe affectueux de fierté, à l'annonce des bons résultats scolaires. Pas d'emportement incongru, pas d'explosion de joie ni d'effusions inconsidérées, pas de cris, ni de bruits, pas de gestes brusques ni de grands rires bruyants ; toujours la mesure et la discrétion.

Claudie sent les larmes s'écouler à nouveau. Cette réserve était-elle un signe ?

Pourquoi adopte-t-on un enfant si visiblement on a si peu d'amour à lui offrir ? Leur amour était maladroit, malhabile, peureux et secret. C'est ce que préfère penser la jeune femme, car sinon, quelle autre explication pourrait être seulement plausible ? Claudie se revoit, adolescente, dans sa chambre d'enfant rose, assise en tailleur sur son lit, le visage défait et les larmes sur ses joues, le cœur brisé par les premiers amours contrariés. Son père n'entrait jamais dans cette chambre mais elle revoit sa mère, venir à pas feutrés et s'asseoir délicatement près d'elle. Sa mère lui caressant les cheveux avec une grande douceur, lui chuchotant à l'oreille des paroles de réconfort et d'encouragement, avant de la serrer sans la brusquer dans ses bras. Oui, cette mère discrète pouvait lui montrer son amour, un véritable amour maternel. Comme la fois où Claudie avait voulu suivre des amis, quelques jours en bord de mer, dans un camping. Le père avait haussé les épaules, mais la mère avait donné son accord en lui souriant, encourageant la jeune fille de l'époque à dépasser ses complexes et sa timidité, à se créer des liens avec d'autres de son âge, elle, l'enfant si solitaire. Oui, cette maman l'aimait vraiment du fond du cœur.

Mais sortait-elle de ses entrailles ? Et savait-elle qu'elle avait un frère jumeau ?

Claudie renifle bruyamment. Malgré la douleur de savoir, elle vit une bonne nouvelle, elle doit rester positive : elle a un frère, elle n'est plus seule. Les larmes s'écoulent à nouveau sur ses joues, mais des larmes d'une autre texture. Et elle sent alors, cachée sous la tempête sentimentale qui l'agite, cette vague douce qui la soulève enfin, avec délicatesse, une vague qui lui ôte soudain tout ce poids qu'elle portait en elle depuis si longtemps, sans le savoir.

« J'ai l'impression de recouvrer une forme de légèreté… »

La porte de la cuisine s'ouvre brusquement en claquant et la voix de Justin retentit :

-Claudie ! Où es-tu ? Claudie, c'est formidable !

Le visage de la jeune femme se crispe involontairement tandis qu'elle se redresse avec difficulté. Le poulpe la rejoint au salon presque en courant, brandissant à bout de bras une liasse de feuillets mobiles.

-David a fait des miracles ! Il a retrouvé sa trace ! Et la gendarmerie de Saint-Etienne a appelé Arthur à la suite de son avis de recherche !

Il reprend son souffle et semble soudain réaliser qu'il y a quelques heures à peine, c'était le chaos pour la jeune femme.

-Bon, tu te sens mieux ? demande-t-il avec un sourire niais.

Claudie a presque envie d'éclater de rire, malgré elle. Elle grimace pour le rassurer.

-Tu trépignes, et ça me concerne maintenant, alors vas-y, je t'écoute.

-Bon Rachel Rose a bien été enfant de la DDASS, à Saint-Etienne. On n'a malheureusement pas de piste pour ses parents. Elle a fait plusieurs familles et foyers d'accueil mais elle posait des problèmes, de menus larcins et des fugues. Les familles la qualifiaient de difficile et elle s'est fait virer de partout. Elle a fini en foyer. Mais en 1975, elle se fait choper par les flics, on a retrouvé la trace de son passage au poste, pour un vol dans une bijouterie. Elle était accompagnée d'un type plus vieux qu'elle, un certain Angel Corsi. Arthur a retrouvé le dossier de l'époque aux archives ! Ça te parle, le prénom Angel ?

-Oh ! L'ange dont parlait Joël ?

-Exactement ! Mais il n'y a pas eu de poursuites contre eux car ils ont vendu leurs complices, bien plus dangereux. Du coup, ils ont été relâchés mais se sont éloignés de Saint-Etienne. Ensuite, on perd leur trace. En regardant de vieux reportages TV, David a identifié le type, Angel, sur une image tournée dans le village hippy de Rochebesse. Donc elle vivait bien là-bas avec lui probablement !

-Mais pourquoi a-t-elle atterri chez les sœurs Baswell ?

-Aucune idée. Mais j'ai rappelé l'un des anciens résidents de la communauté et il se souvient d'Angel et de cette fille, maintenant. Quel con ! Il aurait pu le dire plus tôt ! Angel avait magouillé, plus jeune, avec un autre type du groupe, un de ceux qui ont participé au drame, aujourd'hui décédé. C'est pour ça qu'il a rejoint la communauté. Ensuite il a mis en cloque, ce sont les mots du témoin, cette gamine encore mineure. Ils se sont sûrement pris le chou avec le chef, Pierre Conty et les deux amoureux ont décidé de partir. Alors, on perd leur trace, pour de bon cette fois. Tiens regarde, ce pourrait être ton père.

Et la méduse sort de son imper une photo floue, noir et blanc, imprimée sur papier : la tête d'un type en cavale, les cheveux foncés et le regard noir, avec une barbe de trois jours. Claudie scrute l'image les yeux bien ouverts et se fait la réflexion que si c'est son géniteur, elle a pris tout son patrimoine tandis que John a hérité de leur mère. Elle sourit, imperceptiblement, puis se redresse :

-Justin ! Tu ne penses pas que, plus vieux et sale…

-Oui, j'y ai pensé…le fameux croque-mitaine.

-Il faut montrer ce portrait à Joël.

-Oui, c'est prévu.

-Ce serait le pompon : mon père est un assassin et un pyromane !

-Holà, tout doux, c'est peut-être un accident aussi.

-Mais alors il est vivant ?!

-Mmmm.

Le poulpe ne répond plus.

Joël est assis comme un bon garçon sur son lit étroit dans sa grande chambre à l'étage. Il entend sans la voir sa sœur qui s'active en chantonnant dans la cuisine. Il voudrait bien l'aider, parfois, car il a bien conscience qu'il est un poids dans sa vie, mais il ne sait jamais quoi faire et surtout, il est si maladroit qu'il ne fait que des bêtises. Il vaut mieux qu'il reste tranquille dans sa chambre.

Violaine a fouillé dans le grenier, et elle a trouvé son trésor. Il aurait dû être en colère mais non. Il ne comprend pas bien pourquoi il se sent si calme.

Par sa fenêtre il aperçoit les restes de la maison d'Emmy et il sait bien maintenant qu'il ne la reverra jamais. Il ne comprend pas très bien la notion de mort mais il sait parfaitement que cela signifie que plus jamais on ne peut se revoir. Cette pensée l'attriste. Il a tant espéré.

Le géant au cœur d'enfant s'allonge sur son lit et prend son pouce. S'il parvient à s'endormir, il la verra, il verra Emmy, comme avant, comme il y a longtemps. Et elle pourra lui parler, lui dire qu'elle aussi l'aime, pour toujours.

18- Le journal de Théa -1983

Depuis la venue du printemps, ma sœur passe à nouveau sa vie dans le jardin à bêcher et biner. Elle m'épuise à la regarder faire. Elle a planté quelques fleurs colorées qui me ravissent la vue, mais continue de laisser courir ce maudit lierre qui dévaste tout sur son passage, étouffant la végétation dessous et recouvrant sa dernière statue d'angelot.

Je voudrais rire car il est heureux que le lierre recouvre cette statue immonde ; comment ma sœur a-t-elle pu placer ce chérubin grisâtre dans son jardin ? Cet angelot potelé semble bouffi, agrippé à son arc grossier, sans aucune once de grâce. Sûre qu'elle a eu cette horreur au rabais.

Je dénigre l'ange à voix haute et Babel se tord de rire. Ma sœur n'a jamais ri ainsi. Est-elle malade ?

« Vilaine Babel, méchante Babel ! Folle !»

Je ne suis pas repartie sur la Côte. Je n'irai plus je pense. Ma sœur m'inquiète. Elle ne me partage plus ses pensées, elle me fuit, elle fuit tout le monde, elle s'isole en elle-même. La nuit, elle hurle dans son sommeil, elle se débat contre ses rêves. Elle ne va plus aux courses que l'on nous livre dorénavant, elle ne va plus à la messe, elle ne sort plus de chez nous et de son maudit jardin, avec son maudit lierre, sa maudite statue en pierre.

J'ai demandé des comptes à Babel.

« Babel folle ! »

Ma sœur m'a répondu des phrases décousues. Un homme à la peau brune est venu pendant mon absence parler avec elle ; il l'a menacée pour qu'elle lui révèle où se cache Emmy. Sinon il s'en prendra à nous.

Qui est cet homme ? Comment s'appelle-t-il ? D'où vient-il ? Quand reviendra-t-il ?

Babel éclate de rire et répond que jamais il ne la retrouvera, tremblante derrière sa fausse joie.

« *Babel est folle !* »

Qu'allons-nous devenir ?

Pour la première fois depuis toutes ces années, ce soir, je m'injecte moi-même mes piqûres. Je dois apprendre, je dois tout apprendre.

C'est à mon tour d'être le chef de famille, à mon tour de soigner.

Je fixe les petits yeux de Babel mais ils brillent de malice noire.

XVIII

Un mardi après-midi de février 2015.

Claudie a passé une mauvaise nuit mais au petit matin, elle a rangé sa maison et repris sa tâche sur les déracinés de la Creuse. Elle ne pensait pas pouvoir continuer ses écrits mais finalement, elle relit et approuve son travail. Elle a même avancé au-delà de ses espérances.

Depuis hier, Cerbère n'a pas reparu.

Ayant rapidement englouti son repas, mentalement, elle se prépare à ce qui va suivre cet après-midi, elle a l'habitude : Justin va réunir tout le monde chez elle et ensemble ils feront la mise au point. L'affaire est réglée, le poulpe a gagné mais elle… Elle se sent mi-figue, mi-raisin, le cœur ballotté entre sentiments contradictoires ; parfois un goût de bile s'immisce dans sa bouche et parfois aussi les larmes montent spontanément à ses yeux. Mais elle sourit quand elle pense à John. Son frère lui plaît, il lui convient. Elle sait qu'ils vont parfaitement s'entendre tous les deux, ils ont les mêmes défauts : indépendants, sauvages et obtus.

La petite troupe est arrivée peu à peu, après quinze heures et chacun trouve une place devant la cheminée qui crépite joyeusement. Lucie Chauvet pose avec délicatesse son petit chapeau vert sur ses genoux, Mme Kléber s'assoit à sa droite et Violaine à gauche, tandis que le notaire et son généalogiste successoral empruntent chacun une chaise de la salle à manger. Brigitte a apporté une multitude de petits gâteaux faits maison et les dispose sur divers plateaux devant les convives. Seul David manque à l'appel, il a dû transmettre ses données à Justin et les réunions de ce genre ne l'intéressent pas du tout. Arthur s'assoit aux côtés de John, plus pâle que d'ordinaire et Justin reste pour l'instant debout, accoudé au linteau de la cheminée. Claudie fait le tour des convives avec sa cafetière et sa bouilloire, se faisant la réflexion qu'il n'y a jamais eu autant de monde en cette maison et que la dernière fois qu'elle a réuni la plupart des gens et le gendarme, c'était il y a maintenant quelques années, quand ils avaient découvert les délits de sa grand-tante. Ce ne sont pas de bons souvenirs.

Elle s'assoit près de son frère, John.

Le poulpe attend que tout le monde soit bien installé puis il se lance dans le déroulé des évènements :

-Comme vous le savez tous, nous recherchions la jeune Emmy. Nous ne sommes pas complètement venus à bout de cette enquête mais je tiens à remercier tout particulièrement notre chère Lucie pour son aide précieuse et son travail remarquable sur les écrits de Théodora.

La vieille dame sourit derrière sa tasse de thé et une petite rougeur lui monte aux joues.

-Nous allons ensemble récapituler l'histoire des sœurs Baswell et de leur pseudo-nièce, Emmy. Je pourrais vous raconter comment nous avons déroulé la pelote mais je pense qu'il vaut mieux que je raconte les faits dans leur ordre chronologique.

Justin se tait et Claudie se fait la réflexion qu'il doit jubiler intérieurement de maintenir tout son auditoire en haleine ; elle jette un œil au passage à ses convives et constate qu'effectivement, ils sont tous très attentifs subitement.

-Bien ! L'histoire débute en 1930 où deux fillettes naissent à neuf mois d'intervalle mais la même année, en Angleterre, dans le sud-ouest. Isabel est l'aînée et Théodora la cadette. Elles naissent dans une famille riche et vivent dans un beau manoir. Les parents sont souvent absents pour affaires aux Indes, mais les petites sont élevées à l'anglaise auprès d'une multitude de domestiques. Leur enfance est paisible et sans accrocs, même si déjà leurs caractères singuliers apparaissent. Isabel n'est pas gracieuse mais elle est sérieuse et aime la nature, Théodora est très jolie et adore jouer ou se déguiser. Mais elle semble aussi plus fragile que sa sœur aînée. D'après ce qu'a trouvé David, la mort tragique des parents, en 1944, dans un accident de voiture, va déclencher toute la suite de l'histoire. La sœur du père, Hortense, débarque au manoir pour s'occuper de l'éducation des jeunes filles et reprendre la gestion du domaine jusqu'à leur majorité. En Europe c'est la guerre, mais sur leurs terres, elles sont bien protégées. Théodora décrit Hortense comme un dragon qui parvient à faire fuir la plupart du personnel ; peut-être voulait-elle juste parvenir à faire des économies sur le train de vie du domaine car je doute qu'elle ait repris en même temps la direction des affaires aux Indes. Mais ça, nous ne le saurons jamais…

-Si je puis me permettre, intervient Lucie de sa petite voix, dans les carnets de Théa, il y a d'autres renseignements que je ne vous ai pas traduits parce qu'ils n'apportaient rien à l'histoire. Mais Hortense est décrite comme associée de son frère et elle s'y connaissait en affaires puisque la fortune a continué à fructifier après sa venue, mais elle ne voyageait pas, elle déléguait beaucoup. Un trait de caractère apparaît aussi très franchement : cette femme, sans descendance, était avare. Ceci pourrait expliquer la fin du grand train qu'ils menaient au domaine et la vie de recluses qu'ont dû adopter les sœurs avec leur tante.

-Merci Lucie.

Après une pause, le poulpe reprend :

-Peu à peu les sœurs prennent cette femme en grippe. Mais elles sont malignes, surtout Isabel, et elle comprend bien que jusqu'à leur majorité, elles sont coincées sous la coupe de leur tante. Il leur faut attendre leurs vingt et un ans. En 1951, c'est le cas et subitement Hortense décède. Un article dans un petit journal local à l'époque déclare le soudain décès de cette femme comme suspect, mais pas plus. Les écrits de Théodora indiquent entre les lignes qu'effectivement, la mort de Hortense a été planifiée, qu'elle n'est pas naturelle. On penche vers un empoisonnement, d'autant plus qu'Isabel a développé une grande connaissance des plantes et de leurs actions durant toutes ces années au domaine. Un passage souligne même que les dons d'Isabel ont été utilisés, avec la complicité de la tante, pour stopper la grossesse de Théodora qui a eu une aventure, très jeune, avec le fils du fermier local. Le Docteur Chamoux a précisé que l'intervention avait mal tourné, stérilisant la jeune Théa.

-Quelle horreur ! ne peut s'empêcher de s'exclamer Brigitte en agitant ses petites bouclettes. Les autres dames de l'assistance secouent la tête les lèvres pincées, le regard outré.

-A la lecture de ses écrits, Théodora semble très affectée par cet épisode, souligne Justin.

-En quelque sorte, intervient la vieille institutrice. Si j'analyse ses écrits, elle a détesté que les deux autres prennent la décision à sa place et détesté que son corps réagisse mal aux plantes –parce que la jeune Isabel ne savait pas encore bien les doser, probablement- et la nécrose entraîne des douleurs intenses. Mais elle n'aurait jamais pu élever d'enfant de toute sa vie. Elle-même l'était trop. De plus, elle était, comment dirai-je, très portée sur la chose et le fait d'être stérile l'arrangeait bien. Elle se disait libre ainsi.

Le poulpe laisse les murmures soulevés dans l'assistance s'éteindre avant de continuer :

-A la mort d'Hortense, les deux sœurs ont pris la décision de tout plaquer et de s'éloigner. Loin du manoir, oubliées, il y avait moins de chances que le pot aux roses concernant leur crime, ne soit découvert un jour. Elles décident donc de tout vendre, de remercier les domestiques et de quitter l'Angleterre. Mais pourquoi la France ?

-Oh je pense que j'ai la réponse ! intervient Mme Kléber en levant la main, ravie. Oui ! Théodora m'a confié plusieurs fois que leur maman était d'origine française et que dans la famille, les jeunes filles apprenaient le français, discutaient en français entre elles.

-Ah ! Voilà une explication plausible… constate le poulpe.

-D'ailleurs elles parlaient très bien le français, ajoute madame Kléber. Théodora avait à peine un accent léger.

Mme Kléber frétille dans son fauteuil en croisant les mains sur ses genoux, et attend la suite de l'histoire.

-Donc les voilà parties en catastrophe pour la France, reprend le poulpe. Je suppose qu'elles ont choisi un lieu reculé des grandes villes mais pas trop isolé non plus du corps médical, pour Théodora. Un lieu au climat agréable mais pas trop chaud, un lieu comme Joyeuse, petit village du Sud, proche de Montpellier et ses médecins, de Lyon et ses cliniques. Elles trouvent une petite maison à l'écart et s'installent. Au début, il leur faut se faire accepter par les villageois, mais Isabel sait y faire : un peu de religion et des dons financiers. C'est aussi à cette époque que Clodomir Chambon démarre ses activités louches en marge de la médecine et de la loi, et je pense qu'il fait appel aux services d'Isabel et ses tisanes. Car elle jardine, mais ce n'est pas un jardin anglais qu'elle dessine, plutôt un jardin de plantes aromatiques, de plantes médicinales et de poisons.

-Oui, le pharmacien, herboriste, faisait appel à ses services pour concocter certaines préparations, déclare Lucie.

-Leur vie se déroule tranquillement. Isabel jardine à l'écart de la population mais Théodora a besoin de voir du monde et son entrée dans un groupe de peintres du dimanche lui permet de s'échapper de temps en temps. On découvre par ses écrits que ses voyages lui apportent plus que des connaissances en peintures mais ils permettent aussi d'espacer ses crises. Théodora pourrait être aujourd'hui diagnostiquée schizophrène, mais je pense que sa pathologie était encore bien plus grave. Nous sommes en 1976 et pendant l'absence de la peintre, Isabel recueille une jeune fille qui lui raconte son histoire. Elle s'appelle Rachel Rose, issue de la DDASS et elle est amoureuse d'Angel Corsi, un petit malfrat de Saint-Etienne. Ensemble, ils effectuaient quelques cambriolages mais se sont fait appréhender et ont décidé de se mettre au vert dans la communauté de Rochebesse. Rapidement, il y a eu des tensions entre Angel et la communauté alors le jeune couple s'est enfui, probablement en emportant le peu de richesses que possédait tout le groupe. Malheureusement, près des Vans ils ont eu un accident grave. Rachel se réveille dans la voiture avec Angel mort à ses côtés, et choquée, elle s'enfuit. Quel étrange destin que le sien : se retrouver sur la route de Clodomir Chambon et d'Isabel Baswell, c'est fou, non ? Ces deux-là rentrent d'une intervention vétérinaire compliquée, il est tard dans la nuit, l'orage est terrible et sur le bord de la route ils tombent sur cette gamine affolée et couverte de sang qui cherche de l'aide. Isabel décide de s'en occuper. Mais aucune information sur le corps du compagnon. Sont-ils allés vérifier les lieux et la voiture ? Ont-ils vu le corps ? Ont-ils un lien quelconque avec la disparition du corps ? Nous n'en savons rien. Pourquoi Isabel, d'ordinaire si sauvage, décide-t-elle subitement de prendre en charge une fugitive, avec des antécédents de vol ?

-Oh, on le devine petit à petit dans les écrits, mon cher Justin, déclare Lucie en souriant.

-Mmmm. L'hypothèse du coup de foudre pour Isabel. Un coup de foudre qui prendrait racine lors de cette première rencontre ? Personnellement je n'y connais rien, mais pourquoi pas ?

Claudie observe Mme Kléber qui ouvre des yeux ronds et grimace avec ses lèvres pincées. A côté, Brigitte a porté ses mains à sa bouche.

Les hommes sont totalement impassibles.

-Théodora revient de son voyage et découvre sa sœur soignant la gamine. La petite est inquiète, elle a peur que la communauté ne la recherche. Alors Isabel décide de se rendre à Rochebesse. Elle ira deux fois, je ne sais pour quelle raison. Peut-être pour rembourser le vol des amoureux et ainsi stopper les poursuites ? Ou pour en savoir plus sur la jeune fille ? Ou pour découvrir qui est Angel et s'il est vraiment décédé ? Mais, cruellement, Isabel va faire croire à la jeune fille que les hommes de la communauté sont toujours à sa poursuite.

-Pour mieux la garder sous sa coupe ? demande le généalogiste.

-Probablement, répond Justin.

-Elle était vraiment monstrueuse, murmure Mme Kléber.

-Rachel est perdue mais comme elle n'a pas d'autres solutions, elle se retape chez les Anglaises. Isabel est aux anges, elle lui apprend tout ce qu'elle sait et Théodora observe, avec jalousie. Mais elle respecte le secret et ne dévoile rien de la véritable identité de la jeune fille. Elles la nomment Emmy et la font passer pour une nièce. Elles lui procurent des cours de maths et de français, bref s'en occupent. Mais voilà ! La jeune fille est enceinte ! Isabel se tourne vers Clodomir qui vient constater l'avancée de la grossesse : interrompre n'est plus possible, c'est trop avancé. Il propose donc un marché : laisser faire l'accouchement mais lui s'occupera de l'enfant. A ce moment ils ne savent pas qu'il y en a deux.

Justin fait un signe de tête vers Claudie qui n'a absolument pas ouvert la bouche encore. Elle le fixe mais ne sourit pas. John pose sa main sur son épaule, protecteur.

-Le temps passe, les sœurs maintiennent le secret, mais l'accouchement approche. Alors on cache Emmy aux yeux des autres parce que soudain son ventre est devenu énorme. Les sœurs Baswell annoncent que la gamine est partie définitivement. Grossier mensonge mais plus c'est gros, plus ça passe. Personne ne remarque la pauvre fille cloîtrée dans la maison. C'est l'hiver, les rideaux sont tirés. Le seul qui s'inquiète et inquiète les sœurs terribles, c'est le voisin, Joël, un jeune homme handicapé qui s'est pris d'amour pour Emmy. Mais elles sont deux pour surveiller. L'accouchement a lieu, avec l'aide de Clodomir et ce sont deux enfants qui naissent : Claudie et John.

-Oh ! s'exclament en chœur Brigitte et Mme Kléber. Les deux femmes manquent tomber à la renverse. Elles se tournent vers les deux concernés et voudraient parler mais ne trouvent aucun mot assez fort. Elles ont l'air sonnées.

Claudie se sent soudain au centre de toutes les attentions ; gênée, elle se renfrogne. Elle aperçoit du coin de l'œil le généalogiste si séduisant dont le sourire de loup aux dents blanches a subitement perdu de son éclat. L'image la fait grincer « toi mon coco, tu renifles l'héritage qui te file sous le nez ».

-Oui, nous avons réuni une belle famille aujourd'hui ! s'écrie le poulpe en jetant ses grands bras vers le plafond.

John sourit comme un damné et Arthur leur fait un clin d'œil.

Les dames y vont chacune de leurs commentaires en questionnant Claudie. Il règne soudain un incroyable brouhaha dans le salon. Chacun voudrait que Claudie raconte sa joie alors que celle-ci est plus gênée qu'heureuse. Seule Violaine ne laisse rien transparaître, hypnotisée par le poulpe et ses gesticulations diverses.

Justin laisse passer quelques minutes mais il lui faut poursuivre et la suite est moins réjouissante :

-Le problème en réalité, c'est qu'Isabel affirme à Rachel que ses enfants n'ont pas survécu. Pourquoi une telle cruauté ? Probablement pour conserver Rachel sous sa coupe.

-Mais c'est atroce cette histoire ! s'exclame soudain Brigitte qui n'y tient plus.

-Vous avez raison, ajoute Madame Kléber. J'ai comme la nausée…

-Mes pauvres petits, murmure Lucie.

Claudie ne répond rien, elle connaît déjà toute l'atroce vérité. Elle se demande comment cette histoire est possible ; elle a l'impression parfois que Justin lui raconte son dernier roman lu. Et elle bout secrètement de le voir si paisible, totalement indifférent à toute l'émotion qui se dégage de l'assistance. Elle ne parvient pas à lui en vouloir, elle sait bien qu'il n'est pas responsable mais si elle estimait qu'il prenne la moindre once de plaisir à raconter sa vérité, elle lui sauterait à la gorge. John lui serre les mains, Claudie soupire doucement.

-Mesdames, demande Arthur, voulez-vous faire une pause ?

L'assemblée se concerte jusqu'à finir les yeux de tous braqués sur leur hôtesse. Celle-ci donne son accord à la poursuite du récit, d'un geste du menton à Justin. Grandiloquent, le poulpe reprend :

-Mais Rachel n'est pas une sotte. On lui affirme que ses enfants n'ont pas survécu et dans un premier temps, elle le croit. Elle déprime plusieurs mois, et Joël est le seul qui parvient à la consoler. Rachel lui confie sa tristesse, puis ses doutes. Elle prend peu à peu la décision de chercher la vérité et où sont enterrés ses petits. Elle comprend aussi qu'elle est prise au piège dans cette maison. On ne sait pas comment elle comprend l'énorme mensonge, mais aux dires de Joël, il semble que la jeune femme se doute de quelque chose de faux. Elle demande à Isabel de partir mais celle-ci ne veut pas. Peu à peu elle déteste ses geôlières et décide de leur fausser compagnie. Les jours passent et on peut supposer que Rachel imagine mille façons de s'enfuir. Théodora ne comprend pas pourquoi Isabel refuse à Rachel de s'en aller quand enfin elle découvre que sa sœur est amoureuse de la jeune fille. Au fil des années, l'atmosphère paraît de plus en plus chargée. La suite est terrible, c'est Lucie qui l'a découverte dans le journal de Théodora. Voulez-vous continuer Lucie ?

La vieille dame refuse l'invitation en silence. L'assistance est pendue aux lèvres du poulpe. Même Claudie se demande ce qui va encore lui tomber dessus.

« Ça y est, il a retrouvé la trace de nos parents et ça ne sent pas bon » se dit-elle en serrant fort la main de John.

Le poulpe reprend :

-C'est en l'absence de Théodora que le drame a lieu, un soir de 1980. Rachel a dû insister pour partir mais Isabel ne peut l'admettre, elle perd toute mesure et dans un accès de fureur, étrangle la gamine. Théodora le décrit comme un accident, le crime passionnel par excellence, sans préméditation. Mais elle n'a que les paroles de sa sœur.

-Mon dieu, je n'en reviens pas ! s'exclame la brave Brigitte en agitant la tête de tous côtés. Mais jamais je ne pourrai dormir ce soir ! Dire que je les trouvais gentilles ces vieilles dames ! Ce sont des monstres ! Oh ma pauvre Claudie, tu dois être bien en peine…

Claudie sourit à la brave femme dont les yeux humides l'émeuvent. Elle voudrait qu'elle la serre dans ses bras. Mais elle ne parvient pas à lui répondre pour la rassurer. Elle voudrait lui dire qu'elle ne connaît aucune personne de l'histoire donc que cela ne la touche pas vraiment, mais un sentiment, comme la honte d'être malgré elle actrice de ce récit, la retient pudiquement. Claudie sourit, les yeux secs.

-C'est donc votre maman qu'on a retrouvée dans le puits ? demande Madame Kléber.

-Pas du tout, répond Justin.

-Le corps retrouvé dans le puits, intervient alors Arthur, est celui d'Isabel Baswell que nous avons crue emportée par les flots, en 1992. Ce puits est très profond, étroit, et sa margelle très haute. D'après Joël, le frère de Violaine, qui semble être le seul témoin, elle a été poussée dedans par un homme tandis que le village était évacué après la montée des eaux. Les pompiers qui sont venus la chercher ont pensé, naturellement, qu'elle avait été emportée par le courant.

-J'espère que personne ne pense que mon frère a quoi que ce soit à voir avec ce crime ? demande Violaine brusquement en redressant le visage.

-Rassurez-vous. Il est considéré innocent. Nous devons retrouver l'homme que Joël a décrit, répond Arthur. Nous croyons votre frère mais l'enquête continue. J'en profite pour demander, à vous tous, si vous avez aperçu ces derniers jours un homme à la peau sombre, probablement sale, vêtu d'une cape ?

Le gendarme fait alors passer le portrait du jeune Angel Corsi sorti des archives. Personne ne répond, tous scrutent avec attention le visage mais secouent la tête en signe de dénégation.

-Mais d'où vient cet homme ? demande Brigitte.

Justin laisse le gendarme expliquer :

-Il est né en 1956 à Saint-Etienne. Un gamin un peu paumé qui vivait dans une famille gitane sédentarisée. Outre des problèmes de violence à l'école et d'absentéisme, il était connu des services de police pour avoir participé à certains cambriolages de la région. Il a dû croiser la jeune Rachel, ils sont tombés amoureux et ont commencé à « travailler » ensemble dans le vol de bijoux. Mais ils se sont fait prendre et en échange d'informations, ils ont été relâchés. Ils sont allés se mettre au vert dans le village de Rochebesse où Angel connaissait quelqu'un. Là-bas, très vite ça n'a pas dû se passer comme il le voulait et Rachel est tombée enceinte. Ils sont donc partis. Je ne sais pas où ils comptaient aller mais ils ont eu un accident près des Vans. Dans nos fichiers, on a une trace de la voiture accidentée retrouvée en piteux état mais pas le signalement d'un corps. Mes collègues parlent d'une grande quantité de sang alentour mais l'enquête a été clôturée après plusieurs jours à passer la zone au peigne fin, sans retrouver de corps ou d'autres indices. Soit il n'était pas mort et s'en est sorti, soit il a rampé ou marché une certaine distance avant de mourir plus loin, dans les bois de Païolive par exemple, qui sont un vrai labyrinthe. Mais la description du pyromane et de l'assassin d'Isabel, donnée par Joël, nous fait penser qu'il est bien vivant et qu'il est venu se venger. Cet homme est dangereux, même s'il est maintenant assez âgé. Il faut donc, si vous le voyez, ne pas intervenir mais nous informer immédiatement.

-Il avait rencontré Isabel, murmure Lucie. Elle en avait peur je crois.

Le silence se fait dans la pièce, John a les yeux qui luisent d'humidité, et c'est au tour de Claudie de poser sa petite main sur l'épaule de son frère en lui souriant. Brigitte se mouche bruyamment en tendant un mouchoir propre à la vieille Lucie. Mme Kléber et Violaine grignotent un petit gâteau.

-Il nous reste quelques pages à lire mais l'écriture est très difficile, c'est presque illisible. J'espère que nous y découvrirons où Isabel a enterré Rachel, conclut Justin.

Le notaire est en conciliabules chuchotés avec le jeune loup qui se tourne alors vers les deux jumeaux :

-Donc j'en déduis que c'est à vous que revient la fortune Baswell et euh…les restes calcinés de la propriété ?

Claudie voudrait le mordre mais elle s'adoucit :

-Si cela est, je donne ma part à John. Je n'en veux pas. Et il en a plus besoin que moi.

-Ce n'est pas possible comme ça, s'exclame le notaire.

-Nous en parlerons un autre jour, si vous voulez bien, je suis fatiguée, répond la jeune femme soudain lasse.

L'assemblée a compris le message et dans un grand froufrou, chacun se lève de son siège et fait mine d'enfiler son manteau. Lucie, puis Brigitte et Madame Kléber viennent tour à tour murmurer quelques réconforts aux oreilles de la jeune Claudie, en promettant de l'appeler très vite et de compter sur elles. Violaine s'est déjà enfuie, comme épouvantée. John rajoute du bois dans la cheminée et comme Justin, ils sont les seuls à ne pas sembler vouloir partir. Le notaire a attrapé sa mallette et après une brève poignée de mains, il entraîne son comparse vers la sortie. Arthur leur fait un signe de la main et ferme la marche, tirant la porte derrière lui.

Claudie lâche un « ouf » de soulagement, ravie de revenir au silence.

Sous la fine pluie de ce mois de février, Cerbère trottine à petites foulées le long de la route. Sans se presser, il s'éloigne des lieux qu'il affectionne particulièrement. Mais sa mission ici-bas est finie.

Bientôt il reviendra, parce que l'histoire touche à sa fin et qu'il est vieux maintenant, il lui faut laisser la place.

Il sourit avec sa gueule de clébard, parce qu'il sait pertinemment que la fin sera heureuse. Il a rempli son contrat, son vœu sera exaucé et ses péchés absous.

Cerbère s'en va pour mieux revenir, bientôt.

19- Le journal de Théa –1983

J'aurais pu étouffer ma sœur ! Je l'ai juste giflée. Mais j'y ai mis toute ma force et elle a avoué.

Sans cette foutue pluie, je ne saurais rien. J'aurais dû me boucher les oreilles...

Depuis hier, il pleut des trombes d'eau. Je déteste ce temps, alors qu'on étouffe. Ce sont les orages d'août, ils sont violents, ils dévastent tout. Mais celui-ci dépasse tous ceux que nous avons connus jusqu'à présent. J'entends l'eau de la rivière qui gronde derrière.

Babel est dévastée ; elle crie que l'eau ne doit pas atteindre le jardin, comme possédée. Je l'observe, la questionne mais elle ne me répond pas. Elle murmure en boucle que l'eau va monter, que tout sera inondé. Je ne comprends pas. Je questionne encore et encore, telle une tique, je ne la lâche plus, il faut qu'elle parle !

Ma sœur a ses yeux fous et raconte, enfin.

Rachel n'est jamais partie.

Cette petite que nous avons cachée, recueillie, renommée Emmy, n'est jamais vraiment partie. Elle le voulait, elle le souhaitait, pour vivre sa vie. Elle l'a dit, répété jusqu'à ce que Babel craque et lui saute dessus, comme une panthère en furie. Oh Babel, qu'as-tu fait ?

Tu as serré trop fort ce petit cou gracile dans tes grosses mains aux ongles noirs d'humus, tu as serré trop fort pour la faire taire, tu as serré encore, longtemps, pour retrouver ton calme, et c'était trop tard.

Dans la nuit, Babel t'a confiée à la terre, a planté du lierre et posé une statue d'angelot sur tes restes. Pendant ces trois dernières années, je ne me suis doutée de rien.

« Feu la petite ! »

Les voix exultent.

Je te regarde ma sœur et je ne te connais plus. Tu m'agrippes, tu me *supplies de t'aider, que l'eau monte encore et qu'il nous faut réagir.*

« Babel a un plan ! Babel a un plan ! »

Nous avons travaillé toute la nuit dans le jardin, j'ai creusé avec mes dernières forces jusqu'au corps emballé de bâches et à l'abri dans la glaise. J'ai porté le grand tapis où nous l'avons enroulé, si léger, sur mon épaule, et nous sommes parties l'enterrer à l'abri des eaux, loin de notre jardin, dans un lieu connu de nous seules, sous les cieux de l'enfer.

Notre tâche est terminée et ma sœur est redevenue elle-même.

« Feu la petite ! Feu la petite ! »

Les voix hurlent dans ma tête.

Où est ma piqûre ?

XIX

Un mardi soir de février 2015.

Claudie s'est assise dans son canapé aux côtés de John. Pensive, elle fixe le feu qui illumine le salon sombre en portant la tasse à ses lèvres. Elle se sent vide tout à coup, épuisée par les différentes émotions qui l'ont traversée violemment ces derniers jours. Elle n'est pas triste, elle se sent loin, absente.

Justin la ramène soudain dans le réel en se tournant vers eux, avec un grand sourire et les bras en croix, tel le christ accueillant l'infante près de lui :

-Tu ne comprends pas Claudie ? Nous repartons en quête ! A la recherche d'Angel Corsi !

Elle hausse les épaules.

-Je ne suis pas certaine de vouloir le rencontrer, cet assassin. Il finira en prison…

John sourit derrière ses cheveux en broussaille mais Justin ne se laisse pas démonter. Il fait la moue et continue :

-Bien entendu il nous faudra déterminer où se trouve le corps de votre mère…

Et avant que la jeune femme n'ait le temps de répondre, le grand échalas se tourne de tous côtés et demande :

- Mais où est Cerbère ?

Claudie hausse les épaules, faisant mine qu'elle s'en fiche totalement alors que John s'exprime enfin, leur coupant la chique par son regard volontaire :

- *Il partir. Il revient un jour, bientôt. It's not time today.*

Comme chaque semaine, le vieux fossoyeur revient au cimetière, là où il a passé tant de jours durant sa vie professionnelle. Courbé sur sa canne, engoncé dans sa parka, il chemine à petits pas entre les tombes. Il les connaît toutes : les belles visitées, les pauvres oubliées et même les singulières, comme celle qui fut vide longtemps puis habitée brusquement.

Il n'en avait pas cru ses yeux ce matin-là quand il avait découvert que pendant la nuit, ce caveau avait été ouvert et rempli. Déjà qu'il ne comprenait pas pourquoi on avait construit ce caveau pour n'y mettre jamais personne. Mais de là à réaliser un enterrement secret en pleine nuit !

Jamais il n'avait pu savoir quelle famille le possédait.

Les faits l'avaient torturé pendant longtemps, il ne savait pas à qui et comment en parler. Et puis son instinct lui avait conseillé de la boucler. Alors il s'était tu, comme habité par une sombre superstition. Loin de lui l'envie de déranger les morts.

Il se signe et continue son chemin.

20- Le journal de Théa -Septembre 1992

Je m'appelle Isabel et j'écris la dernière page de ce cahier.

Comme en 1983, les eaux sont montées avec fureur aujourd'hui. Il pleut depuis cette nuit des trombes. On nous annonce une nouvelle crue, encore plus forte que toutes celles depuis trente ans. Ce village est maudit. Je ne peux pas rester ici ce soir. Je dois suivre les pompiers.

Heureusement, Théa est en sécurité à Lyon, dans sa clinique, mais pas ses cahiers. Il faut que je les protège.

Parce qu'un jour, je le sais, il me l'a dit, les enfants reviendront, ils voudront savoir et Théa a tout écrit. Mais je dois les cacher, je ne peux pas les laisser découvrir maintenant. Pas tant que nous sommes en vie.

Je suis lâche, je suis faible.

L'autre tourne autour de moi. Je ne le vois pas mais je le sens. Il s'approche, il se rapproche. Il est tout près. Clodomir avait raison. Je ne l'ai pas cru, je l'ai pensé fou, mais il avait raison. Nous avons déclenché quelque chose de terrible.

Que dois-je faire des cahiers ? Je ne peux les confier à personne. Et il est trop tard pour les enfermer dans un coffre. Où les placer loin de l'eau ? Et loin du démon ?

L'eau continue de monter, les pompiers veulent nous évacuer mais je ne peux pas, pas encore. Il me faut trouver une solution.

L'autre se rapproche. Il vient chercher sa famille, il ne trouvera rien ici.

Je t'ai aimée Rachel, plus que tout, plus que ma vie, plus que ma sœur. J'aurais tant voulu que tu comprennes. Mais je ne savais pas faire, je ne savais pas dire. On ne m'a pas appris toutes ces choses, ce bonheur, cette joie de te rencontrer, de te connaître, de te regarder, de tenir ta main dans la mienne, de sentir ton odeur, de caresser tes cheveux. On ne m'a pas appris non plus toute cette souffrance. On m'a fait croire que je n'avais pas de cœur, que je n'étais bonne qu'à veiller et me taire. Mais tu m'as ouvert le cœur et les yeux à tous ces possibles.

Tu n'as pas compris, je t'ai fait peur. Juste, je voulais te garder près de moi. Si tu savais comme je regrette. Chaque jour...

Le monstre rôde. Peut-être annonce-t-il ma fin ?

Je ne crains pas la mort, je t'y retrouverai douce Rachel. Je rêve de te rejoindre dans ces limbes inconnus. Mais peu m'importe puisque tu y seras. Mon pauvre Amour, je t'ai enfuie .

Je le regrette chaque jour, chaque seconde de ma triste vie.

Mon pauvre Amour, tu étais mon tout, mon moi, ma respiration, ma vue et mon toucher.

Mon pauvre Amour, tu commandais les battements de mon cœur et moi, pauvre folle, j'ai emporté les tiens, à jamais.

L'eau monte encore. Je vais mettre les cahiers dans une valise, bien hermétique, pour les garder de l'eau et *cacher celle-ci. Il me faut me dépêcher maintenant...*

FIN

Je tiens à remercier du fond du cœur mes soutiens fidèles : mes premiers lecteurs, maman et Lionel ; mes correcteurs, Marie-Paule et Hugues (s'il persiste des erreurs, elles sont uniquement de mon fait) ; et mon précieux réalisateur de couverture, Patrice.

Bien entendu, je remercie mes amis, mes lecteurs et mes amis lecteurs. Je pourrais jeter ici en de nombreuses lignes leurs identités mais quelle honte si je réalisais soudain en avoir oublié ! Alors je préfère penser à eux tous sans les nommer chacun. Ils m'encouragent à continuer, à croire que ces histoires plaisent, à m'améliorer à chaque fois pour les plonger dans mes récits et les perdre dans mes histoires tordues.

Du fond du cœur, je remercie mes proches, Ghislaine et Jean-Pierre, Marie-Paule et Jean-Pierre, Guilhem, mais surtout mon mari Lionel et mes filles, Mathilde, Amélie et Chloé, de croire en moi et de m'accompagner dans cette belle aventure. Leur patience et leurs encouragements sont ma bénédiction quotidienne.

Une pensée également à nos chats qui miaulent à mes oreilles lorsque perdue dans mon récit, je ne réagis pas assez rapidement à leurs désirs (aussi variés que les accompagner jusqu'au bol de croquettes, céder à une séance de caresses impromptues et surtout me transformer en portier pour leur petit tour dans le jardin).

Un grand merci également à mes comparses, les auteurs auto-édités, toujours plus nombreux, et leurs conseils divers et variés. Il y a tellement de choses qui méritent d'être connues et lues et si peu d'éditeurs pour prendre le risque de s'en charger. Ce n'est pas grave, l'autoédition grossit de jour en jour en multiples salons et foires aux livres ; même certaines librairies décident de jouer le jeu ; peu à peu, nous serons de plus en plus présents.

Merci à la grande Amélie, écrivaine prodigieuse et heureusement reconnue, qui me lit et surtout m'écrit chaque année pour ma fête. C'est un grand honneur pour moi de savoir qu'elle a cette pensée, qu'elle lit ma prose et m'encourage ainsi.

Enfin un grand merci à Agatha sans qui rien de ceci n'existerait. Elle m'a donné gout à la lecture, à l'intrigue et à la psychologie, très jeune. Lirais-je autant sans son immense talent ? Elle reste incontestablement le meilleur auteur de romans policiers de tous les temps. A mon humble avis.